La flaqueza del bolchevique

Contemporánea
Narrativa

LORENZO
SILVA

LA FLAQUEZA DEL BOLCHEVIQUE

Prólogo de Alberto Olmos

AUSTRAL

DESTINO

Obra editada en colaboración con Editorial Planeta – España

Diseño de la colección: Compañía
Fotografía de la portada: © Haeckel collection / ullstein bild / Getty Images

Bajo el sello editorial AUSTRAL M.R.
Avenida Presidente Masaryk núm. 111,
Piso 2, Polanco V Sección, Miguel Hidalgo
C.P. 11560, Ciudad de México
www.planetadelibros.com.mx

Primera edición impresa en España en Austral: abril de 2025
ISBN: 978-84-233-6731-3

Primera edición impresa en México en Austral: abril de 2026
ISBN: 978-607-39-4097-9

Impreso en los talleres de Impregrafica Digital, S.A. de C.V.
Avenida 11 463, interior Bodega 2
Colonia San Nicolas Tolentino C.P. 09850 Iztapalapa, CDMX
Impreso en México – *Printed in Mexico*

Biografía

Lorenzo Silva (Madrid, 1966) es uno de los grandes referentes de la literatura contemporánea y sus novelas policiacas e históricas suman más de dos millones y medio de lectores. Ha escrito, entre otras, *La flaqueza del bolchevique* (finalista del Premio Nadal 1997), *El nombre de los nuestros*, *Carta blanca* (Premio Primavera 2004), *Recordarán tu nombre*, la *Trilogía de Getafe*, *Castellano*, *Nadie por delante* o *Púa*. Es autor del libro de viajes *Del Rif al Yebala. Viaje al sueño y la pesadilla de Marruecos* y de *Sereno en el peligro* (Premio Algaba de Ensayo). Suya es también la serie protagonizada por los investigadores Bevilacqua y Chamorro; *El alquimista impaciente* (Premio Nadal 2000), *La marca del meridiano* (Premio Planeta 2012) o *Las fuerzas contrarias* (2025) son algunas de las novelas que la integran. Junto con Noemí Trujillo, firma una serie policiaca cuya entrega más reciente es *La Innombrable* (2024).

Prólogo
Sigue siendo lunes

Después de un verso de Shakespeare y de un proverbio de William Blake, encontramos, en la primera frase de esta novela, la palabra *cojones*. Más abajo, leemos de nuevo «cojones». Poco después, la palabra *gilipollas* nos golpea cinco veces. Entremedias, el narrador nos aclara que basta con quinientas palabras para contar el mundo.

La flaqueza del bolchevique es una de las obras fundamentales de la literatura española de los años 90. Nos llegó como llegaba todo lo bueno en aquella década: perdiendo. Salir derrotado del premio Nadal, pero no por completo, daba al lector curioso el apetito justo, el brillo marginal de la desobediencia. Queríamos cine radical, literatura sísmica, que la música sonara muy alto y que todo se viniera abajo.

La editorial Destino había descubierto a los perdedores gloriosos en 1994, cuando *Historias del Kronen*, de José Ángel Mañas, quedó finalista del premio Nadal. Había descubierto, sobre todo, lectores. Fuimos miles los que seguimos cada seis de enero el fallo del premio por televisión, y los que nos fijábamos sobre todo en el finalista, que era como un invitado que se había colado en aquella fiesta. Eras tú, ese finalista, que querías ser escritor, que querías al menos verte narrado por alguien. El ganador parecía siempre el delegado de clase, la opción oficial y mansurrona. El que perdía, sin embargo, que además parecía por lo general no saber muy bien dónde estaba ni cómo iba a salir de allí (un hotel lujoso, la tele, muchos trajes y camareros, flashes), podía contar contigo. Lo ibas a leer en un acto de militancia.

Fue así, la militancia, la lectura del finalista, hasta *El gran silencio*, de David Torres, en el año 2003. No todos los autores finalistas escribían igual (de hecho, sus novelas podían ser hasta antagónicas), pero todos veían legitimada su voz por esa victoria inconcebible, la de haber tomado al asalto el castillo de la literatura siendo unos completos desconocidos.

Es difícil exagerar la importancia de la editorial Destino y de su premio en esos años, pues podemos asegurar que un libro titulado *La flaqueza del bolchevique*, de un tal Lorenzo Silva, no habría llegado a nuestras manos universitarias publicado en otro sello: los bolcheviques no nos importaban tanto, ni sus debilidades. La imagen de cubierta mostraba a unas niñas antiguas (las hijas del zar Nicolás II), bellísimas pero apolilladas, a medio camino entre una fantasía de Lewis Carroll y un enredo de Jane Austen.

Pero bastaba abrir la novela, sortear a Shakespeare y a Blake, para despertar al presente; para desesperar del presente.

Asentó Auden que la poesía es «discurso memorable», y si algo me queda de *La flaqueza del bolchevique*, casi treinta años después de haberla leído por primera vez, es el recuerdo de una cantidad enorme de sus frases, desde el *incipit* laborable y condenatorio «Era lunes» hasta descargos del gusto como «la música que me emociona es la música que a mí me sale de los cojones que me emocione» (Iron Maiden, en concreto). Entremedias, se tensa la voz única del narrador, un hombre airado, infeliz, con traje. Un hombre que representa la rabia de una generación, el desamparo de la oficina, la corrosión minuciosa que el sistema impone a los espíritus desprevenidos.

Hoy (y entonces), calificaríamos esta voz y este tono narrativo como de «incorrección política». Pero entonces (y no hoy, por desgracia), la incorrección política era un recurso verbalmente celebrado, adulto. El arte seguía siendo el lugar donde el alma se abre, se expone, se condena. Desde *American Psycho* (1991), pedíamos más condenación, leíamos a un resucitado Charles Bukowski, resucitábamos a Henry Miller; y las películas de Kevin Smith o Quentin Tarantino nos ametrallaban con palabrotas y obscenidades. No salíamos del cine, ni de estas novelas, malhablados y obscenos y peores; salíamos, de hecho, mejores, porque llevábamos en las manos lo que éramos. Seres contradictorios, peligros para nosotros mismos.

La flaqueza del bolchevique estaba escrita «con el estómago», antes de que la literatura estomacal volviera a ser desaconsejada. Silva creó un personaje antipático, un narrador que no querrías como amigo, pero que, cuando se hace bien, quieres que escriba muchos más libros. Es el narrador que te agita los prejuicios, te hace reír, te indigna; sigues leyendo para volver a indignarte. Su origen quizá sea el Holden Caulfield de *El guardián entre el centeno*. Es la literatura de quien no trata de seducirte desde la primera página, sino de enunciar una verdad que no esperas. *La flaqueza del bolchevique* despide verdad, pureza. Cada frase es demoledoramente sincera, terriblemente tierna. El mayor de sus méritos es la sensación que el lector tiene de contemplar el cuarto oscuro del corazón humano; en seguida comprende que todos los cuartos oscuros se parecen. Necesitan amor.

En la novela de Silva, el amor es ilícito, pecaminoso, pues una ventaja de las novelas frente a la vida es que te dejan explorar pesadillas y visitar sueños salvajes; la posibilidad de lo prohibido. O, al menos, eso hacían antes las novelas y las tragedias, *Lolita*, Sade, Bret Easton Ellis, *Medea*. Llevarnos a un sitio del que nos cuesta salir a los dos.

La actualidad y vigencia de *La flaqueza del bolchevique* no sólo guardan relación con los suplicios siempre vigentes del trabajo y la actualidad uno diría que eterna del desamparo, sino con la condición de gran lector que ya a sus treinta años podía exhibir Lorenzo Silva (recuerden, Shakespeare y Blake, en inglés). Mientras la prosa de crianza televisiva cuajada de palabrotas se marchita y desactualiza, la prosa que se elige sencilla y visceral, y se resiste a elevarse, perdura. Hay en estas páginas de Silva un gran esfuerzo por olvidar todo lo que se sabe sobre escribir y tratar de parecer *no escrito*. Esa poética de lo primitivo, de vuelta al origen, de tratar de hacerlo con quinientas palabras es también gran literatura. La gran literatura consiste en correr riesgos, y *La flaqueza del bolchevique* corrió el riesgo de parecer fácil, antiliteraria o grosera, cuando es dificilísimo alcanzar la naturalidad del desquite verbal y nada hay tan literario como una voz verosímil y lo grosero es sólo el pasadizo hacia lo vivo.

El tiempo sólo ha dado la razón a que era lunes; sigue siendo lunes; y, leyendo *La flaqueza del bolchevique*, será más lunes todavía.

Alberto Olmos

Trece (o quince) años después

Nota a la edición de 2010

Este libro, que vio la luz en febrero de 1997, fue escrito entre la primavera y el verano de 1995. Su autor redacta pues esta nota trece o quince años después, según se mire. Mucho tiempo para una novela, en condiciones normales; el suficiente para que ni siquiera debiera contarse con su reedición.

Si ésta existe es por la apuesta sostenida de sus editores (ni un solo año de los transcurridos desde su aparición, que yo recuerde, han dejado de imprimirla) y, principalmente, por el favor de muy diversos y muy generosos lectores, para los que estas líneas quieren ser, ante todo, la expresión de mi agradecimiento. No poco debo, en primer lugar, a los miembros del comité de lectura y del jurado del Premio Nadal de 1997, del que resultó finalista. Me corresponde recordar los nombres de Rosa Regàs, Pere Gimferrer, Jorge Semprún, Andreu Teixidor y Antoni Vilanova, así como los de Elena Lauroba y Eduardo Gonzalo.

También he de mencionar a esos otros lectores peculiares, los integrantes del equipo que rodó la versión cinematográfica de la novela a las órdenes de Manuel Martín Cuenca, con la producción de José Antonio Romero. Y a los profesores que se la recomendaron como lectura a sus alumnos, tanto en la enseñanza secundaria como en la universidad, para mi asombro y hasta mi alarma en un primer momento, dada la naturaleza de la historia, que puede parecer escandalosa a algunas mentes y que temí estuviera demasiado vinculada al sentimiento de pérdida como para interesar a quienes, por hallarse aún en los albores de la vida, apenas lo habrían experimentado. Extiendo mi agradecimiento a estos jóvenes, por haberles dado una lectura distinta a mis personajes, y por haberlos hecho suyos con arreglo a sus propias claves, que yo nunca habría sido capaz de prever.

Pero hubo otros muchos. Y en especial, quiero manifestar mi gratitud a los lectores que conocen bien, por haberlo vivido, el mundo al que pertenece el protagonista, y del que aquí y allá va dejando pinceladas a lo largo del libro. Ese mundo donde en otro tiempo los banqueros de negocios como él eran los elegidos de los dioses: chicos listos e influyentes que con sus trucos y ocurrencias marcaban el curso de la Historia, hasta que ésta les pasó por encima y los sumió en la perplejidad que aún hoy los embarga (y que los demás, como víctimas del derrumbe de su castillo de naipes, compartimos). Ese mundo de la empresa donde entonces, como describe cierto pasaje de la novela, había distintas castas de trabajadores, sujetas a desigualdades sangrantes que el tiempo no ha corregido, sino agravado. Hasta tal punto, que el libro se usa como referencia por algún profesor de Derecho del Trabajo para explicar el actual sistema de relaciones laborales en España. Una vigencia la del texto, en este extremo, del todo indeseada, y que el autor no puede sino lamentar.

En lo demás, naturalmente, la celebro. Me alegra que este pobre bolchevique (pese a la crudeza de su discurso, que la reedición mantiene intacto, salvo alguna errata) haya encontrado y siga encontrando compañeros de viaje. No sólo en su lengua originaria, sino también en otras tan queridas para su autor como el ruso, el francés o el checo.[1] Ello hace posible que su ardua e inoportuna historia de amor (pues al final qué nos queda sino eso, el amor) subsista más allá de la adversidad en que surgió y hubo de apurarla. Quizá, después de todo, sus oraciones hayan sido oídas. Más no podemos pedir los mortales a los dioses.

El Prat de Llobregat,
16 de diciembre de 2009

1. A las ediciones mencionadas cabe añadir la inglesa (2013), publicada después de la redacción de la presente nota (*Nota del autor*).

Para mis abuelos Lorenzo y Manuel,
in memoriam.

Of their sweet deaths are sweetest odours made.

SHAKESPEARE, *Sonnets*, LIV

Sooner murder an infant in its cradle than
nurse unacted desires.

BLAKE, *Proverbs of Hell*

Era lunes y como todos los lunes el alma me pesaba ahí mismo, abajo del saquito de los cojones. Una tarde pensé que el alma era una tercera bola que llevaba ahí colgando y que me servía tan poco como me servían las otras dos. Desde entonces, cuando es lunes y el alma me pesa, cuando es otro día y el alma me pesa, hasta cuando no sé qué día es y el alma me pesa, siento ese bulto y esa carga abajo del todo, peleando con la tela elástica del slip.

Yo no fui siempre un tipo con el alma entre los cojones. Durante bastantes años ni siquiera decía palabrotas, y hasta utilicé durante otros muchos un vocabulario abundante y selecto. Ahora he decidido que la vida no merece arriba de quinientas palabras y que las más a propósito son palabrotas, pero no es que nunca haya pasado de aquí, sino que he llegado aquí. Muchos capullos se atascan donde yo estoy ahora al poco de nacer y se quedan aquí para siempre. Yo he venido hasta aquí pasando por otros sitios antes, y algunos de ellos olían bastante mejor, aunque nunca duró demasiado. Puede parecer que más habría valido ser desde el principio uno de esos capullos que no ven mundo ni conocen otros sitios que huelen mejor. Y a mí me lo parece. Si toda mi vida hubiera sido un capullo ahora estaría contento, y no acordándome de que aquel día era lunes y el alma me pesaba encima del slip.

El lunes del que me acuerdo empezaba con la misma mierda de todos los lunes. En la radio había cinco gilipollas que hablaban de lo que habían dicho otros cinco gilipollas para que al día siguiente cinco gilipollas más (algunos de ellos los mismos del día antes) hablaran de lo que estos cinco gilipollas habían dicho y así hasta el infinito, que es un batiburrillo de bandas de a cinco gilipollas. Como mi resistencia a las chorradas ha ido bajando con el tiempo, puse una cinta y resultó ser una de aquellas en las que hace años tenía grabado a ese pelma de Bach. Aunque he borrado todas, grabando encima otra música más apropiada, a veces salen trozos de sus apestosas cantatas que siempre tratan de lo mismo y suenan igual. Adelanté un poco la cinta y arrancó *Breaking the Law*, de Judas Priest. Lo dejé ahí, y no porque me gusten los individuos de Judas, que creo que son un hatajo de macarras que en su vida han tenido un par de ocurrencias, sino porque armaban mucho ruido y eso me impedía pensar. Ante todo, buscaba librarme de lo que hacía que me pesara el alma y que era lo mismo de siempre: es lunes (un puto lunes), temprano (la puta de temprano), estoy en el coche (el puto coche), en un atasco (puto atasco), sin saber si pasar por encima o por debajo del cinturón de seguridad la corbata (el puto cinturón, la puta corbata); voy camino del trabajo, donde pudriendo los días me dan a cambio dinero para comprar de comer y pagar el apartamento y el coche y la corbata y la radio y los compactos de donde grabo las cintas de Judas (puto trabajo, putos días, puto dinero, puta comida, puto apartamento, etc.); y ahora va el guardia y como siempre corta en Cibeles para que circulen los que bajan por Alcalá y nos jodamos los que venimos por el Prado (el puto guardia).

De lo que venía pensando es fácil acordarme, porque lo hago mucho y me lo he aprendido de memoria. Del guardia también, porque todas las mañanas hace lo mismo. De Bach y de Judas, y aquí es donde empieza el asunto, me acuerdo porque fue al encontrar *Breaking the Law* cuando el coche que rodaba delante de mí frenó en seco y yo, que iba distraído con el radiocasete, me lo comí a unos veintidós por hora, que no es mucho para recorrer los diecisiete kilómetros que recorro cada mañana pero sí bastante para romper un coche contra otro.

En ese momento el infierno se me echó encima, y el infierno era, por este orden: una zorra con trajecito chanel que se me baja del coche de delante y me empieza a llamar hijo de puta y maricón y yo qué sé cuántas cosas más que no le iban nada con la blusa; el mamón del guardia que abre mucho los ojos y sin sacarse el pito de la boca se viene hacia el lugar del siniestro con ganas de marcha; los de detrás que se ponen a darle al claxon a ver si consigo volverme loco de una vez; el cinturón que no obedece a mis intentos de separármelo del pecho para desabrocharlo porque debo de estar tirando un poco más de lo que el fabricante opina que se debe tirar; los de Judas que parecen empeñados en cargarse la batería, el bajo y todas sus guitarras.

Cuando por fin conseguí librarme del cinturón y salir del coche la zorra del trajecito chanel y el guardia ya se habían aliado manifiestamente. El guardia me escupió apenas asomé el morro:

—Antes de nada retire el coche. ¿No ve que está estorbando?

—Ayudaría si lo quita primero ella —contesté, sin ninguna astucia—. Me he empotrado en su culo.

—¿No le oye al muy cabrón? —trinó la mujer—. Te habrás empotrado en el culo de tu puta madre.

—Bueno, vale. Pero si usted no mueve el coche yo tampoco puedo moverlo y el guardia no va a poder despejar el tráfico, que es lo que a él le importa.

—Señora —terció el guardia—, haga el favor y a ver si podemos arreglar esto lo antes posible.

La mujer lo movió, yo lo moví y mientras tanto el guardia desviaba a los malnacidos que pasaban riéndose de la hostia que acababa de darme. Busqué los papeles del coche, el seguro, un bolígrafo, y lo encontré todo menos el bolígrafo. No me hacía maldita la gracia pedirle un bolígrafo a la mujer o al guardia, pero el parte amistoso y europeo de accidentes es autocopiativo y la Mont Blanc Meisterstück te la puedes meter donde te quepa cuando se trata de rellenarlo. Resignado, salí a aguantar la que estaba cayendo. La mujer seguía insultándome y cuando me bajé se permitió dudar:

—¿Has conseguido estafar a alguien para que te haga un seguro, imbécil?

—Si no estuviera el guardia no me llamaría eso.

—¿Por qué? ¿Qué harías si no estuviera el guardia?

Te pegaría quinientas patadas en el mismo coño, pensé, pero dije:

—Me parece que me largaría y la dejaría que chillara sola.

—Vaya bobada. Como que no iban a encontrarte.

—Claro. Pero no está herida. No iría a la cárcel. Le daría el número del seguro a la policía y me ahorraría hablar con usted.

En eso el guardia volvió donde estábamos y le dio por hacer una pregunta estúpida:

—Vamos a ver. ¿Qué ha pasado?

—Yo iba tan tranquila, freno porque se cierra el semáforo y éste va y me embiste por detrás.

—No por gusto —me burlé—. Me he despistado con la radio. Si la hubiera visto no la habría embestido por detrás.

—Exijo que le prohíba a este retrasado que se ría. No creo que esto sea para reírse precisamente.

—Tengamos la fiesta en paz. Cálmense los dos.

—Yo estoy calmado, agente.

—Sólo faltaría, él que tiene la culpa.

—Pues claro que tengo la culpa. ¿Por qué no hacemos primero los papeles y luego me fusilan?

—Permiso de conducir y de circulación del coche.

Le di los permisos al guardia y éste lamentó no poder multarme porque yo me los hubiera olvidado en casa o hubiera olvidado renovar el carné, que era lo máximo que podía haber conseguido con esa brillante comprobación. Mientras tanto Judas seguía tronando desde mi coche.

—¿Es que no puedes quitar esa mierda de música?

—Yo no la he tuteado hasta ahora. Y no me meto con la música que escucha.

—Podías haber subido la ventanilla al menos.

—Tengo roto el elevalunas. No sube de ahí. La próxima vez procuraré traer el coche arreglado.

—Este tío es un hijo de perra y además disfruta.

—Guardia, ya veo que está ocupado, pero, ¿tengo que soportar que esta mujer no pare de insultarme?

—Tranquilícense los dos. Saquen la documentación del seguro y rellenen el parte, por favor.

El guardia me devolvió mis permisos, fastidiado por no haber podido empapelarme. Dirigiéndose a la mujer, dijo:

—Usted saque también el permiso de conducir.

Como a veces no sé estarme callado, le pregunté:

—¿A ella no le pide los papeles del coche?

—Ella no ha cometido ninguna infracción, señor.

—¿Y yo?

—No ha respetado el semáforo.

—Suponiendo que eso sea como dice, ¿qué le hace pensar que si no respeto el semáforo es que no llevo permiso de circulación? A mí me parece más bien al revés. Si voy a chocarme con una histérica delante de un guardia y saltándome un semáforo, más me vale llevar todos los papeles en regla. A lo mejor ella no los lleva. Ella no sabía que yo le iba a dar.

—Histérica. Esto es para cagarse.

—No lo haga más difícil —dijo el guardia.

—Lo que no entiendo es por qué se empeñan en putear a la gente inofensiva. Si estuviéramos en un descampado y usted estuviera solo y yo con cuatro colegas con bates de béisbol no me pediría nada.

—Está bien, no lo líe, ande.

—No le haga caso, agente. A este tío le ha debido dar un aire —soltó la mujer, serena de pronto.

Entonces me quedé mirándola. Era una tía de unos treinta y cinco años, rubia de bote, esmirriada, con la piel tostada por la lámpara. Llevaba unas gafas de sol tres o cuatro veces más grandes que su cara y la blusa desabrochada hasta muy abajo, para que la tela de color claro contrastara con el pellejo quemado y los hombres le miraran entre las tetas. Para poder enfadarse cuando pasaba eso, supongo, llevaba un crucifijo de oro colgado encima del canalillo. También llevaba muchos anillos y pulseras y sus uñas nunca habían arrancado una costra de grasa de esas que resisten el limpiador especial para la vitrocerámica.

—¿Qué miras? —volvió a ladrar.

—Le ruego que colabore —insistió el guardia.

En esta puta ciudad hay un millón de coches y voy y me choco con el de esta cerda, pensé. A lo mejor eso quería decir algo. En todo caso, no parecía que la ocasión fuera la mejor para darle al molino, así que decidí hacerle caso al guardia.

—¿Tiene un bolígrafo? —pedí—. Es para el papel autocopiativo —y descapuché ante ellos mi Mont Blanc para acreditar su inutilidad.

El guardia me dejó un bolígrafo y escribí mi dirección y todas las demás cosas que hay que poner en el parte. Me consideré responsable de todo el estropicio y empecé a dibujarlo. Pero entonces paré. Aunque el dibujo no era complicado, se me ocurrió que ella podía verlo de otra forma.

—Haga usted el dibujo, si quiere. Ya he puesto que yo tuve la culpa.

La mujer sacó un boligrafito Dupont de plata y algo molesta por no poder encargárselo a nadie escribió sus datos y terminó bastante mal mi dibujo. El policía comprobó los datos y copió parte de ellos en una hojita impresa en la que luego nos hizo firmar a los dos. Por cierto que antes de apuntar en su papel mi matrícula miró detenidamente la placa de mi coche. También la había mirado antes, cuando le había dado la documentación. No miró la placa del coche de la mujer. Cuando terminó separó las dos hojas del parte y nos devolvió una a cada uno.

—Está bien. Usted puede marcharse —le dijo a la mujer.

—No me lo diga dos veces. Hasta nunca —se despidió de mí.

—¿Por qué yo no puedo irme?

—A usted tengo que notificarle la denuncia.

—Oiga, guardia. Si he hecho algo malo ya me ha castigado Dios bastante. ¿A qué viene ensañarse con una multa?

—Es mi obligación. Y la suya ir más atento.

La zorra del trajecito chanel se había subido a su coche, un descapotable blanco como los que siempre llevan las zorras como ella, y yo tuve que aguantar cómo colocaba el retrovisor y se colocaba el pelo y se lo ahuecaba hacia atrás, mientras el puto guardia me daba por culo y se ganaba gloriosamente su dinero de mierda, que mejor o peor es todo lo que nos ganamos los capullos, no importa si porque lo hemos sido desde siempre o porque al final nos hemos hecho así.

Cuando volví a meterme en el coche había perdido veinte minutos y todo lo que había madrugado para que el atasco que me comiera no fuera el atasco asqueroso del lunes a las ocho y media. Eran las ocho y media y no sólo estaba en medio del atasco asqueroso sino que también iba a llegar tarde, lo que haría del lunes más lunes y que el alma me pesara entre los huevos el doble de lo que ya me venía pesando por el camino. Entonces fue cuando me di cuenta de que en la carpetilla con los papeles del seguro llevaba el nombre y la dirección de la zorra del trajecito chanel. A mi alrededor todos pitaban, los taxistas se me colaban y el atasco no avanzaba un maldito metro. Abrí la carpetilla y leí el nombre de la muy puerca: Sonsoles. Y el primer apellido: López-Díaz. Y el segundo: García-Navarro. O sea: una Sonsoles López García a la que le parecía una poca mierda llamarse López García y había rescatado del olvido a sus abuelas. O lo había hecho su padre o el padre de su padre, que era todavía peor. Por la calle que había puesto en el parte, vivía al lado de los Jerónimos. Cuando yo era un cretino sensible me gustaba esa zona. De noche es tranquila y de día apenas estorban un poco los rebaños de amarillos que llevan en autobús a ver las pinturas.

Mientras seguía rumbo a la basura cotidiana, empecé a imaginar y me dio que lo mismo Sonsoles López García me servía para dejar un poco de aburrirme como un muerto. Yo no creo en el destino y más bien me parece que casi todas las cosas pasan porque uno se empeña en que pasen, a veces un poco a la fuerza, es verdad, pero eso no le hace a uno menos responsable ni gilipollas. Sin embargo, aquella mañana me había dado contra la furcia de Sonsoles de una manera absurda y sin habérmelo buscado. Algo me la había puesto por delante y yo me había estrellado contra ella. De momento sólo me había abollado el coche, que era una desgracia, pero quién sabía si no podía sacarle algún aliciente a la historia. Y cuando pensaba aliciente pensaba en divertirme, no demasiado, porque si por aquel entonces hubiera pensado que la vida podía ser realmente divertida no habría enterrado también todo Mozart debajo de los guitarrazos de Judas (y de Kreator, y de 77 Fucking Bastards y de Blame It On Your Dirty Sister). A medida que mi maldito coche abollado subía por la Castellana, un plan malvado se iba gestando en mi cerebro. Y yo me reía, lo juro que me reía como si aquello fuera el mejor chiste que me hubiesen contado nunca.

De esta forma incomprensible entró Sonsoles en mi vida de gusano, y así, jugando como un bobo, me las apañé para convertir un simple accidente de tráfico en una ruina de tres pares de pelotas.

Ahora que lo pienso, es curioso que todo empezara con el coche. El hombre moderno depende de la máquina y de todas las máquinas la que más tarado tiene al hombre moderno es el puto coche. El hombre moderno echa horas en el coche, se empeña para comprarlo, no duerme si le hace ruido o le da tirones cuando cambia de marcha. Muchos hombres modernos no pasan tanto tiempo con su familia como con el coche, gastan en su familia menos que en el coche y les importa un higo si uno de sus hijos tiene fiebre, que puede ser una avería, hablando de un niño, bastante más grave que un chirrido en los amortiguadores de un coche.

Cuando cambia de fortuna, el hombre moderno se compra un coche. Cuando pasan más de cuatro o cinco años desde que compró el anterior y no se compra otro, la mayoría de los otros hombres modernos lo considera un comemierda. Una de las pocas razones por las que un hombre moderno puede matar a otro es porque le cierre el paso a su coche. Una de las pocas causas por las que un hombre moderno de menos de treinta años puede dejar de cotizar a la Seguridad Social es un accidente de tráfico.

Personalmente, a mí me importó mucho mi primer coche, porque yo tenía X pesetas y el coche me costó X más 500.000. También porque el cabrón traía mal la inyección de fábrica y cada dos por tres me veía en el taller intentando tragarme que el problema era que aquí la gasolina era muy sucia, no como en Alemania, que era lo que siempre me decían a falta de imaginación para inventarse otra pamema más convincente.

El segundo me importó menos, porque ya tenía más dinero y la inyección era como Dios manda que sean las inyecciones, o sea, resistentes a la porquería que pueda tener la gasolina en el país donde se vende el coche.

El tercero, que fue el que le metí al de Sonsoles por detrás, ni me iba ni me venía. O eso creía yo. Si no recuerdo mal lo compré sólo porque era el más barato de los que tenían aire acondicionado y la potencia necesaria para adelantar a un camión sin jugarme la vida.

Sin embargo, una noche que andaba yo con el estómago revuelto descubrí que allá por las entrañas los dos teníamos algo en común, algo tan peculiar que casi era para alarmarse: el olor de mis pedos debajo de la sábana era idéntico al de la gasolina sin plomo después de quemarse en mi coche y de pasar por su catalizador. Hacía poco que me lo había comprado y llevaba algunas semanas tratando de averiguar a qué me recordaba aquel hedor que inundaba todos los días mi plaza de garaje. Aunque nada tenga que ver con esta historia, creo que fue esa noche cuando decidí sumar a mis otras facetas que no me conviene enseñar la de enemigo de la ecología.

También odio la pedagogía, el capitalismo liberal y el deporte. No sé por qué casi todo lo que aspira o dice aspirar a mejorar la vida de la gente acaba por estropearla más tarde o más temprano.

Sonsoles López García había tomado una precaución que sabía que no afectaría a la tramitación del arreglo de su repugnante descapotable, pero que me obligó a trabajar un poco. A saber: en la casilla del parte reservada al teléfono del conductor del vehículo B, no encontré más que una raya. Y había sido hecha con bastante mala leche, porque subía un poco al final. Cuando yo leía algo más que lo de la oficina y las facturas de lo que consumo, leí una vez un libro de grafología. Allí decía que el que sube la firma tiene entusiasmo o subsidiariamente bastante mala leche. No me parecía que Sonsoles López García se entusiasmara fácilmente, salvo cuando iba a comprarse oro para ponérselo en las muñecas o en los dedos o colgárselo entre las tetas. Tampoco yo soy un entusiasta y subo la firma casi treinta grados.

Alguien habría debido decirle a Sonsoles que no dar el teléfono es una gilipollez cuando se da el domicilio. Antes o después el teléfono se acaba sacando. Y con Sonsoles fue espectacularmente fácil. Lo primero que hice en cuanto puse el trasero en el sillón de mi despacho fue marcar el 003.

—Le atiende la posición ocho… cuatro… nueve —compuso el ordenador de la compañía telefónica—. Información, buenos días —siguió un humano. Una humana, para ser más exactos.

—Buenos días. Quisiera el teléfono de la señorita Sonsoles López-Díaz. El apellido es compuesto. Vive en la calle Moreto, número 46.

—No tenemos a nadie con ese nombre.

—¿Y algún otro López-Díaz o López en esa dirección?

—No puedo darle esa información, señor.

—Vale, Mata-Hari.

Colgué y volví a marcar.

—Le atiende la posición siete… tres… uno —y ahora me salió un hombre—: Información, buenos días.

—Buenos días. Quisiera el número del señor López-Díaz.

—No hablará en serio. No soy Colombo —se burló el telefonisto.

—Tampoco es tan difícil. Vive en la calle Moreto, número 46.

Sonó un teclado de ordenador. El operador tardó un segundo:

—Armando López-Díaz. Tome nota.

La voz del otro ordenador, el que saludaba y jugaba a juntar números, me dictó un teléfono, y si no hubiera colgado me lo habría seguido dictando hasta que se me hubieran caído todas las muelas.

Marqué las siete cifras y al otro lado de la línea salió una chica joven.

—Diga.

—Hola, ¿quién eres?

—Lucía.

—Ah. Quiero hablar con Sonsoles.

—No está.

—¿Y cuándo viene?

—¿Quién eres tú?

—Antonio. Trabajo con don Armando.

—¿Y para qué quieres hablar con Sonsoles?

Estaba claro que le había metido el primer pegote. Había planeado entretenerme más pero me tiré derecho al otro, al que no iba a tragarse:

—Verás, conocí a Sonsoles hará cosa de un mes. Vino a mi piso, tomó cuatro copas y, ya sabes. Yo quería ponerme preservativo, porque soy bisexual y tengo amigos muy promiscuos, pero ella no me dejó. Ahora me he hecho análisis y resulta que tengo...

—No le veo la gracia, imbécil.

—No me cuelgues, Lucía, es importante para tu hermana.

—No es mi hermana. Yo trabajo aquí.

—Es igual, tiene que saberlo.

—¿El qué? Tienes SIDA, ¿no? Y yo soy Farah Diba.

—No exactamente.

—¿Qué entonces?

—Mira, ahora que lo pienso esto es muy delicado. Te voy a dar mi teléfono y le dices que me llame.

Saqué mi repertorio de teléfonos escogidos y después de dudar entre el del Arzobispado de Madrid-Alcalá y el del Ministerio de Asuntos Sociales le di el de la Comisaría de Tetuán.

—Si crees que voy a apuntar ese teléfono vas de culo —me replicó.

—Apúntalo y se lo das. ¿Qué va a pasar?

—Por ejemplo que me despidan.

—Dile que soy un bromista. Verás como ella se lo toma en serio.

—Está bien, repite el número. Así le podremos dar algo a la policía.

Lo repetí.

—Y por favor que no se entere su marido —le lloriqueé.

—No tiene marido. Adiós, capullo.

Lucía me colgó en la oreja, que es como se dice en las historias yanquis de detectives y que significa que yo tenía el auricular pegado al oído cuando ella cortó la comunicación haciéndome un par de grietas en el tímpano.

Ya fuera por chorra o porque yo era listo de cojones, aquella breve conversación telefónica me había servido para averiguar una porción de cosas. Sonsoles era soltera, vivía con su padre, un tal don Armando que debía de ser un tipo importante con el que podía colaborar algún Antonio, y tenía como sirvienta a una tal Lucía que no se arrugaba cuando le hablaban de andróginos y de enfermedades venéreas.

Aquella mañana tenía tarea para hartarme, cosas que había dejado a medias el viernes por la noche y otras que había estado posponiendo y que ya no podía posponer más sin arriesgar que mi jefe me llamara para preguntarme qué me había creído y no poder responderle la verdad. Como me cabrea mucho mentir si no es por gusto, me olvidé de Sonsoles hasta la noche y me puse a remar. He comprobado a menudo que dejarlo todo para el final es la mejor técnica de trabajo. Las cosas se hacen cuando no hay más remedio que hacerlas, y como no hay más remedio que hacerlas se hacen una detrás de otra, rápido y sin pensar. Cuando Yavé Dios le dijo a Adán que tendría que dar el callo para no morirse de hambre y que se acababa de joder lo de andar picando de los arbolitos, no pensaba que estaba puteándolo porque no fuera capaz de darle a la azada o porque darle a la azada le costara un esfuerzo insoportable. Sabía que lo puteaba porque había hecho de él un vago que pensaría mientras cavara que cavar era una desgracia. Lo malo del trabajo no es trabajar, sino pensar que estás trabajando. Pensar a secas vale, trabajar a secas vale menos, pero pensar y trabajar todo junto es peor que pegarse un tiro. Por eso el más sabio de los griegos se tocaba la entrepierna a dos manos mientras ese idiota de Platón lo iba apuntando todo.

Aquella noche salí temprano del Banco, o sea, a las nueve. En la planta todavía había unos diez o quince soplapollas como yo, sólo que no tenían ningún asunto pendiente fuera y se quedaban hasta que vinieran a echarlos. Algún otro día hablaré de cómo están organizadas las cosas en la maldita oficina, que es como lo de las hormigas pero a lo bestia. Hay para morirse de risa o de lástima, según el día y lo mucho que a uno le reviente pertenecer a la sección de las hormigas soplapollas.

Al coger mi coche abollado me acordé de que al día siguiente tendría que llevarlo al taller para que le recompusieran la jeta. De momento me dirigí hacia el Paseo del Prado. Aparqué donde solía cuando iba más por aquella zona, justo donde dejan los cubos de basura del Hotel Ritz. Aunque siempre hay alguien pinchándose en la cabina, los del hotel andan más o menos atentos. No creo que hicieran nada en absoluto si vieran a alguien robando un coche, salvo desear que acabara rápido, pero así como los yonquis no se preocupan por el público, los chorizos se relajan más cuando no mira nadie. Conviene tener en cuenta esas cosas. Como voy bien vestido y gano un sueldo y tengo cosas que pueden robarse, procuro conocer las costumbres de los que no. Ya sé que queda mejor decir que te importan una barbaridad los marginados y las minorías étnicas y que no te importa compartir tus bienes con ellos, pero a cualquiera le sienta como una patada en la ingle que le limpien alguno de sus bienes que todavía no tenía previsto compartir.

Entré en la cabina procurando no pisar las jeringuillas y no me pegué el auricular a la oreja. El micrófono apestaba a tabaco y ni queriendo era fácil pegárselo a la boca. Eché doscientas pesetas, marqué el número de Sonsoles y preparé mi mente para sacar partido de cualquiera de las alternativas que pudieran presentarse.

—Sí —carraspeó una mujer de edad. El flanco más débil. Estrategia A.

—Buenas noches. ¿Es el domicilio de don Armando López-Díaz?

—Sí. ¿Quién es?

—Llamo de la Agencia Tributaria.

—¿De dónde?

—De Hacienda. ¿Está el señor López-Díaz?

—Sí, un momento, por favor.

A través de la mano de la mamá de Sonsoles llegaron por la línea unos cuchicheos que acabaron con un *ejem* potente y varonil.

—Armando López-Díaz. ¿Con quién hablo?

—Soy Eduardo Gutiérrez, inspector tributario.

Disculpe por la hora, señor López-Díaz. Llamamos por la tarde porque es más fácil localizar a los contribuyentes en sus domicilios.

—¿Hay algún problema? Declaro religiosamente todos mis ingresos.

La voz de Armando López-Díaz se quebraba un poquito al mentir.

—Simple rutina. El ordenador le ha seleccionado en el plan de inspección de Renta de las Personas Físicas y Patrimonio. Quisiera saber cuándo podría tener preparada la documentación para citarle formalmente.

—La documentación…

—De los últimos cinco años. Toda la documentación que respalde los datos consignados en sus declaraciones.

—Ah, ya, desde luego.

—¿Y bien?

—Esto… Me vendrían bien un par de días, para ordenar los papeles.

—Por cierto, usted desarrolla una actividad profesional, si mis notas no están equivocadas.

—Sí. Soy arquitecto.

—Exactamente. Y está en estimación directa.

—Sí, creo. Sí.

Tras acertar de chiripa que Armando López-Díaz era profesional, no había que herniarse para suponer que había elegido la modalidad que le permitía deducirse gastos indebidos disfrazándolos como si fueran de su actividad: un taxi por aquí, un recibo del teléfono por allá, un coche en leasing.

Hasta que llegara un inspector a ponerle las pilas. Y había otro inconveniente: tenía que llevar libros de contabilidad.

—También tendrá que tener preparados los libros obligatorios.

—Oh, sí.

Me estaba divirtiendo mucho haciendo que a Armando le corriera el sudor por la nuca. Pero soy un tipo impaciente y aquello no era lo que realmente quería hacer.

—Hay algo más, don Armando.

—¿Sí? —preguntó, tan bajito que apenas le oí.

—Tiene una hija. Sonsoles López-Díaz García-Navarro.

—Sí. ¿Por qué?

—Y vive con usted.

—Ahora no está. No entiendo qué...

—Y está soltera.

—¿Pero eso qué le importa a Hacienda?

—Su hija no trabaja, ¿verdad?

—Sí que trabaja.

Dejé que pasaran unos segundos de silencio para que Armando se angustiara y se volviera todavía menos listo.

—No puede ser, don Armando. No tiene ingresos declarados bajo su NIF. ¿No cobrará en negro?

—¿En negro? ¿Qué dice usted? Mi hija trabaja en el Ministerio de Industria. Es Técnico Comercial del Estado —pude oír claramente las puñeteras mayúsculas que siempre dicen los opositores y los padres de los opositores.

—¿En el Ministerio de Industria? No puede ser. ¿En Madrid?

—En el mismo Ministerio. Oiga, ¿qué lío es éste?

—Evidentemente hay algún problema. Le ruego que me disculpe, señor López-Díaz. Tendremos que verificar todos los datos de su hija.

A Armando López-Díaz le crujían las meninges. Pasa con los sujetos más ampulosos. Tienen la misma cintura que una tortuga preñada.

—¿No es a mí a quien iban a inspeccionar? —trató de ordenarse.

—Y a su hija. Los dos han sido seleccionados. Con usted no hay mayor dificultad, porque tenemos sus declaraciones. Me enseña los justificantes y los libros, los comprobamos y en paz. Si todo está en regla firmamos el acta de comprobado y conforme en media hora. Por lo que a su hija respecta, no consta en el ordenador que haya pagado nunca sus impuestos. Ninguna declaración, ninguna retención de nómina.

—Eso no puede ser.

—Si trabaja en el Ministerio es muy extraño que no nos salgan sus ingresos. No me estará mintiendo, ¿no?

—Por Dios. Cómo le iba a mentir. Si tienen un error en el ordenador tendrán que arreglarlo.

—Está bien. Le diré lo que vamos a hacer. Yo voy a consultar otra vez con el ordenador. Dígale a su hija que llame mañana de nueve a once a este teléfono. Que dé su nombre y diga que está seleccionada en la lista de este mes. Apunte.

Le di y le repetí el número de la Asociación de Marxistas Lesbianas, y Armando, después de apuntarlo, volvió a asegurarme con su tonito de niño que nunca le saca la lengua a la maestra:

—Hay algún error, no le quepa duda.

—Lo resolveremos. No se preocupe. En cuanto a lo suyo, ¿qué le parece el lunes que viene?

—Sí, está bien.

—Mañana mismo le haré llegar el requerimiento. Gracias por todo y buenas noches.

—B...

Esta vez fui yo quien le colgó en la oreja a uno de los habitantes de la residencia de los López-Díaz. Mientras me metía en el coche pensé que el pobre padre de Sonsoles no dormiría aquella noche y no me arrepentí media mierda. En cuanto a la propia Sonsoles, además de haber completado mi información acerca de ella, confiaba en causarle alguna molestia de las que le jorobaba tener.

De camino hacia casa, una idea inoportuna me cruzó por la mollera. Hasta aquel momento no había hecho más que un par de travesuras, nada que me divirtiese como esperaba. El malestar me duró después, cuando recortaba en el salón las fotos más repulsivas de una revista de hombres en pelotas para mandarle a Sonsoles un *collage* al Ministerio de Industria. Aquello era una poca leche. O empezaba cuanto antes con la parte seria del asunto o me dejaba de pamplinas. Me daba un poco de pereza, todo hay que decirlo, pero me fastidia aburrirme. Desde que cumplí los treinta años cuando me aburro mucho me pongo violento y me entran unas ganas terribles de romper a cabezazos la televisión. Algo que debo evitar, porque la cabeza me sirve para trabajar y no gano lo suficiente como para comprarme una televisión todos los días.

La televisión en sí no es que me importe, porque casi todo lo que ponen son tonterías para gente retardada, con lo que de paso van consiguiendo que toda la gente que no recibe otra forma de educación, o sea, la mayoría de la gente, se retarde un poco más cada día. Sin embargo, en la televisión echan también los campeonatos femeninos de patinaje y de gimnasia, deportiva y rítmica. El patinaje y la gimnasia me dan igual, pero las patinadoras y las gimnastas son una parte fundamental de lo poco que justifica levantarse todos los días de la cama.

De madrugada me desperté sudando y con el corazón bombeando a toda máquina. Intenté calmarme y dormirme otra vez, pero no había manera. Me levanté y me tomé un cuenco de tila alpina. Aunque eso me hizo sentirme mejor, no era suficiente. Me puse encima el chándal y bajé por el coche. Estuve corriendo un rato por la M-30. En la M-40 hay mejores curvas y puede irse más deprisa, pero tiene la desventaja de que la vigila la Guardia Civil. Si haces cualquier faena sale detrás de ti un motorista entrenado para cazar bólidos y te meten un paquete que te quedas tieso. En la M-30 está la Policía Municipal y ésos o no tienen motoristas tan buenos o los reservan para las exhibiciones. Lo más que te puede pasar es que te saquen una foto y te manden una multa a casa. Tengo en casa ciento setenta y ocho multas de la Policía Municipal, todas prescritas después de que no tramitaran debidamente mis alegaciones. Es tan fácil que debería poner un negocio. Claro que un día de éstos aprenderán o cambiarán la ley y habrá que comprarse un scalextric.

Cuando me cansé de darle al pedal tomé la primera salida y busqué una cabina telefónica. Marqué el número de Sonsoles. Sonó seis veces y tras un aparatoso chasquido, como si a quien hubiera cogido el auricular se le hubiese caído inmediatamente, oí que Armando decía:

—¿Sí? ¿Quién es?

—Sonsoles —susurré.

—¿Quién es?

—Sonsoles —volví a susurrar.

—Vete a tomar por culo, hijo de puta —y colgó.

Repetí la operación.

—¿Quién cojones es? —de nuevo Armando.

—Sonsoles —susurré otra vez.

Colgó. Esperé diez minutos y volví a llamar. Sonó sólo dos veces.

—¿Quién eres, maricón? —gorjeó inconfundible la voz de Sonsoles.

Jadeé largamente. Ella se quedó en silencio hasta que dejé de jadear.

—Oh, qué guarro. ¿Tengo que asustarme? —se rió.

Tenía razón. Aquello estaba un poco visto. Saqué el pañuelo y tapé el auricular. Puse una voz cavernosa:

—Hola, Sonsoles. Tú no me conoces, pero te veo todos los días. Hace semanas que me he fijado en ti.

—Claro, y quieres que nos citemos o que te diga si llevo bragas.

—No soy esa clase de hombre.

—Ah, ¿eres un hombre?

—Más o menos.

—¿Más o menos?

—¿Sabes lo que quiero, Sonsoles?

—Me muero de curiosidad.

—Quiero arrancarte el hígado y comérmelo frito. Tu corazón se lo daré a mi perro y el resto lo disecaré para que mi mono se distraiga y deje de machacársela. Mientras tanto, estaré por ahí, querida. Ve atenta a tu espalda.

—Voy a llamar a la policía ahora mismo —Sonsoles había dejado de reírse.

—¿Y qué les vas a contar? No tienes nada. Estoy en una cabina y no sabes quién soy. ¿Tienes idea de cuántos casos iguales archivan cada día? Esperarán a que te haga algo.

—Yo te conozco.

—No te esfuerces en balde.

—Eres una basura.

—Claro que lo soy. Por cierto, mi mono te manda un beso. Está deseando conocerte.

Interrumpí la comunicación. Por aquella noche ya había suficiente. Desde luego, lo que había hecho me daba un poco de asco, pero noté que me había relajado bastante. Hubo una época en que yo apenas hacía cosas miserables y entonces pensaba que los que las hacían eran individuos mugrientos que se atormentaban todo el rato y querían suicidarse después de cada fechoría. Sin embargo, desde que soy un pervertido he comprobado que cuando se da salida a los bajos instintos uno no se siente culpable, sino vacío, que es la única manera que tiene un pervertido de sentirse en paz. Cuando vas y haces la cochinada, hecha está y punto. Lo malo es cuando te quedas a medias, porque la comezón no te deja vivir.

Aquella noche, por ejemplo, llegué a casa, me acosté y dormí como un muerto. Cuando me desperté, vi que la almohada estaba llena de baba. Aunque Freud no lo dejara escrito y prefiriera perder el tiempo con sutilezas siempre discutibles, un sueño baboso es necesariamente un sueño feliz.

La puta oficina, impresiones de una víctima:

En el mundo laboral actual, y por efecto de las convulsiones inherentes al fin del milenio, coexisten tres castas bien diferenciadas.

Primero hay una porción de gente, como el 30 por ciento o más, que tiene antigüedad y puesto en alguna empresa de raigambre, y por tanto, subvencionada de una u otra forma. Estas empresas son más abundantes de lo que se piensa y seguramente también de lo que convendría a quienes no gozan de sus ventajas. Gracias a sus sindicalistas influyentes y liberados, esta gente no ha abandonado del todo la dorada época en que los convenios eran cojonudos. La época en que te daban una paga cuando cumplías X años en la empresa, y se salía a mediodía, y por la mañana se tomaba el cafelito y cuando era septiembre había una bolsa de estudios individual que sobraba para comprarles todo a los niños y alcanzaba para darte una comilona con puro y copazo. Naturalmente, el nuevo modelo de relaciones laborales intenta desalentarlos, pero hace falta un terremoto para que se pongan nerviosos, y aun no estoy seguro de que llegado el caso no pensaran que los terremotos sólo mueven las sillas de los eventuales. Saben que lo peor que puede pasarles es que los entierren en billetes a costa del sueldo de los jóvenes, y que así engordados los manden a casa a darse vicios. Esto es lo que se suele llamar más comúnmente prejubilación. Mientras esperan que les llegue la edad o el turno, estos budas distraen sus ocho horas exactas diarias poniendo aspas en el calendario y en las casillas de la quiniela o la lotería. Cogen regularmente la gripe (quince días), la alergia primaveral (diez días), el resfriado veraniego (ocho días) y siempre se fracturan un hueso menor haciendo *jogging* el último día del veraneo (veinte días). Cada dos años se extirpan un quiste sebáceo (treinta días) y se rompen un hueso mayor esquiando (dos meses). Y como eso deja algún tiempo más de lo apetecible, no perdonan un puente.

En honor a la verdad, entre los que disponen de esta bendita impunidad hay algunos imbéciles que trabajan, porque tienen principios o vocación. Todos se ríen de ellos, desde luego. Mira que hay que estar gilipollas para tener principios cuando nadie los tiene (si roban los ministros, a mí que no vengan a pedirme nada, afirma hoy el 95 por ciento de los encuestados). Y los de la vocación son los más ridiculizados con mucho (un 99 coma de los encuestados sostiene con rotundidad que la vocación que se la pidan a la puta madre de quien se lleva los beneficios). Se me permitirá por tanto que prescinda en mi rápido análisis de esta anomalía despreciada tan rotundamente por la sabiduría popular.

Del 70 por ciento restante unas cuatro quintas partes son eventuales de mierda. Entiéndase esto bien: no me refiero a que su contrato sea temporal, sino a que sea cancelable en condiciones asumibles para el empleador. En tal circunstancia, el despido de un empleado *fijo* no es más que una no renovación tácitamente prevista. Los eventuales de mierda se caracterizan en primer lugar por haber llegado después de que lo de los convenios se fuera a hacer puñetas, del modo en que estas cosas se van a hacer puñetas: con efectos salvajes para los que vengan después y delicadeza máxima para los que estaban antes, o sea, los budas. Los eventuales de mierda pueden hallarse en cualquier sector de actividad y sus representantes sindicales, si los hay, no son nada influyentes, sino más bien un tanto kamikazes. Otra característica de los eventuales de mierda es su edad cronológica, en promedio bastante inferior a la de los budas. Lo compensan con un aspecto bastante peor, porque apenas tienen dinero para comprarse ropa de marca (no se diga ya para ir de veraneo o a esquiar) y el horario de doce horas de trabajo es mucho más nocivo para la salud que el de ocho de simple estancia en la oficina. Si uno de los budas se cruza en un pasillo a un eventual de mierda, y si desciende a mirarle, comprueba derritiéndose de gusto que aunque entre ambos haya veinte años el eventual de mierda está mucho menos moreno, tiene unas ojeras que se las pisa y muchas más canas que, además, no le da tiempo a teñirse.

Según los últimos cálculos, la vida de un eventual de mierda tiene un valor ligeramente inferior al de la vida de una cochinilla de la humedad. Si se pone enfermo más de un par de veces en un año, no se le renueva el contrato. Si un día a las doce de la noche le dices que rehaga todo el trabajo del día y tuerce un poco la cara, no se le renueva el contrato. Si remueve mal el café, no se le renueva el contrato. Si es una secretaria y se pone pantalones, no se le renueva el contrato. Si no sonríe todo el tiempo (pese a lo patético que es sonreír con ojeras), no se le renueva el contrato. Si pregunta qué es un puente, no se le renueva el contrato. Hay un catálogo en el que constan otras doscientas cincuenta mil causas por las que a un eventual de mierda puede no renovársele el contrato. Dejaron de apuntar causas no porque no las haya, sino por innecesarias: no hay eventual de mierda que no pueda ser despedido unas tres mil veces al día con ayuda de las que ya están en el catálogo.

Podría parecer que no hay situación peor que la de los eventuales de mierda. No son suficientes y tienen que hacer todo el trabajo, mientras los budas resuelven apaciblemente sus boletos de apuestas. No están bien pagados, porque si se les pagara bien no se podría costear las maravillosas pensiones de que disfrutan los otros. No tienen beneficios sociales, porque si los tuvieran, los budas no podrían beneficiarse de un seguro médico tan bueno como el que les permite reponerse milagrosa y totalmente de sus múltiples trastornillos. Además, cuando sean viejos (me refiero a los pocos que lleguen) todo lo que cotizaron a la Seguridad Social se habrá gastado en la larga vida de los budas y no recibirán más que una buena patada en el culo.

Sin embargo, hay alguien que inspira todavía más lástima. Son el resto, la última quinta parte del 70 por ciento que nunca conoció convenio: los soplapollas (por ejemplo, yo). Se los puede encontrar en puestos profesionales de los llamados de *primera línea* (no jerárquica, sino de playa, o sea, de playa de desembarco), en bancos de negocios, intermediarios bursátiles, multinacionales de lo que sea, incluso a veces en las mismas empresas en las que convalecen plácidamente los budas. Los soplapollas no son eventuales y ganan buenos sueldos, en realidad mejores que los de los mismísimos budas. Bajo esa coartada, la actividad sindical, entre ellos, es a medias inconcebible y a medias un rasgo de mal gusto. Son jóvenes, van bien vestidos y procuran conservar un aspecto físico presentable, lo que por diversos medios más o menos demenciales consiguen. Se les permite cogerse algún puente de vez en cuando, esquían y se van de veraneo a otros países. El resto del año, purgan miserablemente sus pecados.

Según los últimos cálculos, la vida de un soplapollas tiene un valor bastante inferior al de la vida de una cochinilla de la humedad con todas las patitas amputadas. Para empezar, trabajan todavía más horas que un eventual de mierda. No pueden ponerse enfermos, porque siempre hay algo que los reclama urgentemente, y eso los convierte en adictos a toda clase de fármacos para seguir en pie contra viento y marea. Mientras soportan la fiebre o se contienen el vómito es posible que se vean en la necesidad de darle permiso a algún buda que quiere marcharse a casa para pasar mejor una pequeña jaqueca. Aunque oficialmente todos son jefes de algo, saben manejar el ordenador, la fotocopiadora, el fax y la máquina de encuadernar, porque a las horas a las que suelen terminar los trabajos hasta los eventuales de mierda ya se han ido (en esos momentos, los budas que aún tienen hijos en edad escolar han repasado con ellos las lecciones del día y los han acostado y saborean un whisky frente al televisor). Por si esto no bastara, cualquier error que cometan puede ser castigado con violentas humillaciones personales a las que no tienen posibilidad alguna de replicar.

Algunos soplapollas estiman que eso es mejor que ir a la calle, extremosidad a la que no se les somete con la misma frecuencia que a los eventuales de mierda, y sonríen mientras sus superiores les escupen a los ojos, dando gracias por ser un soplapollas y no un eventual de mierda. Cualquiera que tenga sesos se da cuenta de que el eventual de mierda al menos puede mirarse al espejo. Y aunque los dos morirán sin pensión de vejez, al eventual de mierda le queda alguna esperanza de que sus hijos le quieran y se ocupen de él en tan mal trago. El soplapollas no sólo no se merece el respeto de sus hijos, sino que ni siquiera puede esperar que sepan quién es ese tipo que solía aparecer por casa los días de fiesta (no todos).

Resulta difícil explicar cómo tantas buenas personas, e incluso individuos relativamente valiosos, acaban arrastrando la maldición de ser un soplapollas durante todos los días de su vida. Algunos se dejan cegar por el dinero o por una leyenda jerárquica en una tarjeta de visita. Nunca falta quien por ser coordinador o ganar 80 se siente en condiciones de creer hasta las últimas consecuencias que cualquiera que sea subcoordinador o gane 79 es su inferior en la escala zoológica. Entre esos atontados se recluta una parte importante de todos los soplapollas que pululan por el mundo, y lo alarmante de esta época es que de esos atontados hay tal *stock* que si hiciera falta abastecería de sobra toda la demanda de soplapollas.

Sin embargo, una parte de los soplapollas no aman el dinero (o las tarjetas de visita más gordas que la de otro) por encima de todas las cosas. Son los soplapollas en quienes resulta más chocante que sean unos soplapollas, y posiblemente los más culpables y los que más se merecen su perra suerte, porque a nada que se hubieran decidido a tener un par de pelotas podrían haberse ahorrado ser la poca cosa que son. Aunque pueda sorprender, estos sujetos están donde están por vanidad. Se metieron en la boca del lobo sin pensarlo, o pensando sin quererlo, o pensando que nunca querrían ni se dejarían llevar por la asquerosa corriente. Y entonces los tentaron: vamos a ver si eres capaz de esto y de lo otro. Ellos se sabían capaces de esto y de lo otro y les dio por demostrarlo para que nadie volviese a ponerlo en duda. Luego vino aquello y lo de más allá, y también de eso eran capaces y lo demostraron. Y así sucesivamente.

Cuando quisieron mirar para atrás habían hecho un huevo de cosas de las que eran capaces, y ninguna de ellas, por difícil que fuera, valía una higa. Por el contrario, había otro huevo de cosas que valían de un par de higas para arriba, y también de eso habrían sido capaces en su momento, pero después de tanto perder el tiempo en las cosas que no valían una higa, ahora ya no servían para nada más. Y lo más vergonzoso es que la mayor parte de esa chusma, en lugar de agarrar el coche y despeñarse tranquilamente, se consuelan olvidándose del asunto y aplicándose con ahínco a seguir con las cosas que no valen una higa. Hasta se ríen cuando les dan palmaditas en la espalda, buscando en ellas la misma aprobación que encuentra el falderillo en la galleta rancia que le dan después de hacer una monería.

Aquí es donde se echa en falta el par de pelotas de que hablaba antes. Vanidad tenemos todos, y a cualquiera nos gusta que nos la halaguen por hacer chorradas. Pero hace falta un par de pelotas para decirle al domador, cuando te pide que des un saltito a través de un aro ardiendo, que el salto lo dé más bien la puerca que lo parió y que ya puede empezar a gastar el látigo. La primera vez que uno salta por el aro ardiendo se deja las pelotas allí colgando y ya nunca más puede recobrarlas. Para quien no lo sepa, las pelotas son altamente inflamables.

Hubo un tiempo en que yo me resistía a ser un soplapollas. Nunca adoré el dinero, ni la tarjeta de visita, y me negaba a cifrar mi orgullo en que otros admirasen mi habilidad para hacer volatines. En aquel tiempo yo tenía un par de pelotas. Luego se me ocurrió que no es bueno que el hombre esté solo y me pregunté si convenía quedarse al margen de lo que hacía todo el mundo, o todos los que podían. Yo podía tanto como cualquiera. Me autoricé a saltar por el arito flamígero sólo por no acabar en la cuneta y sin provecho. Lo acepté como una solución transitoria, hasta que el panorama se aclarase y yo pudiera organizarme a mi manera. Han pasado pongamos que diez años. Ahora soy un soplapollas y estoy más solo que antes.

Cuando pienso en estas cosas me acuerdo siempre de Friedrich Nietzsche. Tuve un profesor de religión que se regodeaba siempre que le venía a mano en el hecho de que aquel ateo hubiera muerto loco. Nunca me apasionó el viejo Friedrich, salvo cuando sacaba el martillo, pero no me parece justo que el premio por predicar el orgullo de ser hombre consista en que se te ablanden los sesos y un antropoide con alzacuellos se descojone a tu costa cien años después, delante de un puñado de mocosos condenados.

Posiblemente no haya apuntado todavía que era verano. El hecho tiene su relevancia por algunas otras razones que se irán viendo, pero también porque cuando es verano en el Banco la jornada oficial es más corta y se sale a mediodía. Aunque los soplapollas casi nunca usamos ese beneficio, está más o menos admitido que tres o cuatro días cada verano a uno le puede dar una ventolera y quitarse de la circulación a la misma hora que los demás, para salir a descubrir que ahí afuera hay todo un mundo alrededor. Un mundo lleno de parques, pajaritos, niños con sus mamás y un montón de tías con el ombligo al aire o camisetas apretadas.

Precisamente eso, tomarme la tarde libre, fue lo que hice el jueves siguiente, pero no para irme a mirar ombligos, sino para tratar de adelantar en mi estrategia de acecho y aniquilación moral de Sonsoles. En concreto, me interesaba practicar un seguimiento personal que me ilustrara acerca de sus costumbres. Eso debía llevar a una serie de acciones perturbadoras que fueran provocando el descrédito de mi elegida. Combinaría la difamación con unas cuantas encerronas hasta que aquella imbécil lamentara del todo haberme conocido. Ahora que lo escribo descubro que casi no puedo recordar qué putadas tenía planeadas exactamente.

El caso es que tampoco importa un comino. Porque aquella tarde, jorobándome todos los cálculos, sucedió algo que lo torció todo. Hasta aquella tarde yo andaba enredando con Sonsoles lo mismo que podía haber cogido un puñado de gusanos de seda para echar el rato torrefactándolos en una cucharilla sobre un mechero Bunsen. No sé si me explico. Nada de lo que hacía era imprescindible ni me apetecía especialmente. Y si hubiera seguido siendo un cabrón abúlico, es probable que no hubiera pasado nada irremediable. Pero aquella tarde, traicionando mis principios y la aplastante enseñanza de una vida de decepciones y escarmientos, cometí la locura de dejarme apasionar por otro ser humano.

Cuando yo tenía dieciocho años compuse un lúcido ensayo titulado *Elogio de la impotencia, la cobardía y otros modos de inhabilitación para transformar la realidad*, que me valió la expulsión de una tertulia maoísta en la que me había metido sin enterarme. Ahora tengo mucho tiempo y he podido releer aquellas páginas. En una de ellas se afirma con contundencia:

En un universo de despiadada simetría, la especie procura la desgracia del individuo para lograr su bien y el individuo sólo puede evitar su propio mal despreocupándose de la suerte que pueda correr la especie.

Quien consiente en dedicar alguna atención a sus semejantes, más allá de la estrictamente precisa para no chocarse con ellos, está en la senda segura de la autodestrucción. Y no existe para este peligro mejor conjuro que la falta de coraje, a veces suplible con la simple incapacidad. Para bendecir la conducta de los mártires y censurar la de los traidores o los débiles, el espíritu gregario ha creado algo tan delirante como el honor. Pero la razón establece un juicio muy diferente, el que prefiere absolver a quien obra por astucia o necesidad antes que celebrar el alarde de un majadero.

Decía Tales de Mileto (¿o era Immanuel de Königsberg-Kaliningrado?) que no hay peor sabiduría que la aprendida prematuramente, ya que ésa conduce a la más terrible ignorancia posterior. Para mi mal, he tenido que probar con mi experiencia ese ingenioso aforismo, a cuyo autor tenga a bien Zeus Olímpico estar dándole (la razón) hasta que el culo se le caiga.

El hecho, o los hechos, podría relatarlos ahora como me salieran, pero para ser un poco más variado y a la vez trabajar menos, copiaré un documento que tiene dos ventajas: la inmediatez, ya que fue redactado durante la noche siguiente a los sucesos que refiere; y la intensidad, ya que cuando lo escribí seguía conmovido como un gilipollas.

El documento es como sigue:

Y ahora, la pregunta: ¿Qué he hecho para desperdiciar así mi vida? ¿Cómo, de todas las vidas posibles, he acabado ganándome ésta en la que no hay más que mierda y túneles que no salen a ninguna parte? Hace unas horas estaba en un banco en el Retiro redescubriendo estas dos interrogaciones (o una, qué más da). Si durante años he estado llevándolas conmigo sin inmutarme, sólo puede ser porque he tenido buen cuidado de repetirlas como una beata soba el Rosario, sin entender. Hoy me he sentado a mirarlas de frente. Y me ha dado tanto asco y tanta tristeza que no sé cómo me he disuadido de estampar los sesos contra el patio interior, para edificación de todos los retrasados que habitan mi bloque de apartamentos.

Bueno, sí lo sé. Aunque me pese, es para confesarlo por lo que he encendido el ordenador y he empezado a escribir. El arrebato que me ha llevado a las dos malditas preguntas es también lo que me mantiene entero el cráneo.

Al principio, nadie hubiera dicho que fuera a suceder nada. Llevaba un par de horas frente a la casa de esa pelleja repelente y ya se me estaban cociendo las ideas. A las seis en punto, se abre la puerta automática del garaje y emerge el descapotable de Sonsoles con ella al volante. Igual que hace un par de días, mirando desde arriba a todo y a todos, parapetada tras las enormes gafas oscuras que le hacen parecer un cruce de comadreja y astronauta. Arranco con cierta resignación y me coloco a su estela. El coche de mi prima, que he tomado prestado mientras le hacen la cirugía plástica al mío, es algo corto de caballos y tengo que apurar las marchas. Sonsoles conduce como un taxista, o sea, viviendo a medias de la suerte y de la prudencia de otros conductores y exhibiendo a ráfagas una destreza que ya podría metérsela bien doblada donde más guardada se le quedase. Para no perderla me veo obligado a hacerle algunas canalladas a gente inocente, y eso me cabrea y me excita las ganas de tumbarla bajo una lámpara de rayos UVA y dejarla allí asándose a fuego lento durante diez o doce días.

Afortunadamente, el trayecto es corto. Justo a la vuelta de una curva, obturando hábilmente el tráfico de cuatro calles, Sonsoles abandona su coche en doble fila y se acerca a pie a la salida de un colegio para señoritas. ¿Madre soltera? Inconcebible, disponiendo a un tiempo del aborto y del sacramento de la penitencia.

Me sitúo donde pueda ver la puerta del colegio y estorbar lo menos posible y espero. Diez minutos. Empiezan a salir niñas vestiditas de azul y blanco, decenas de Sonsoles en potencia arrastrando la ese debajo de los incisivos. Es un espectáculo que a ratos me revuelve las tripas y a ratos me despierta morbosos apetitos. Finalmente sale Sonsoles y junto a ella una niña o muchacha de unos quince años. El pulso se me interrumpe como si me desenchufaran. Entonces sucede.

La criatura es la cosa más formidable que mis ojos pecadores han reflejado en toda su puerca existencia. Si Sonsoles es su madre, acepto el designio divino de haber puesto a Sonsoles sobre la Tierra, por muy improcedente que me haya parecido hasta ahora esa ocurrencia celestial. Si no es su madre, el hecho de ir a recoger a esa niña le proporciona provisionalmente una utilidad preciosa a su miserable respiración. Mi corazón vuelve a latir, ahora a toda velocidad. Hace siglos que no me pasa algo semejante y ordeno con algún trabajo mis impresiones, pero el instinto suple en seguida la falta de costumbre. Poco a poco comprendo que acabo de caer en una trampa. Suben al coche y salgo tras ellas, sin resistirme, sin planes, sin remedio.

A partir de ese momento, Sonsoles, a quien he perseguido hasta aquí, se convierte en una borrosa mancha de humedad que escolta a la turbia deidad adolescente. La niña lo llena todo. Incluso si cierro los ojos puedo verla: su largo cuerpo a medio brotar, sus cabellos como los de las ninfas alucinantes que pintaba ese golfo de Botticelli, y una mirada azul tan inmensa que da igual la distancia. Recuerdo vagamente que nunca me han atraído las mujeres rubias, pero ni ella es una mujer ni lo que me produce es una simple atracción. De simples atracciones, como cualquiera sabe, están los basureros del espíritu llenos.

El resto es demasiado fugaz. Las sigo hasta Serrano, donde entran en una tienda en la que el precio de toda la ropa está redondeado a múltiplos de diez mil. Desde luego me gustaría seguirlas a los probadores, quiero decir al que use la niña, pero mi sola presencia dentro de la tienda sería demasiado sospechosa. Cuando vuelven a subir al descapotable, liberando a un tipo cuyo coche ha estado un cuarto de hora bloqueado por el de Sonsoles, la criatura lleva un par de bolsas y Sonsoles unas seis. No las guardan en el portaequipajes porque queda mucho mejor arrojarlas al asiento trasero, por encima de la borda del descapotable. También porque el portaequipajes está hecho un poema como consecuencia del leñazo que yo le arreé el otro día. Arrancan y salgo otra vez detrás. En un semáforo en el que nos paramos, la niña ondea a un lado el pelo y se pone a mirar a un guardia de esos que van por ahí fardando mucho con la moto y que de vez en cuando tienen que bajarse de ella para ordenar un cruce. El cowboy municipal queda fulminado allí mismo, con el pito colgando del labio, sujeto sólo por sus botas de jinete, mortalmente desnudo ante su propia poquedad. Cinco minutos más tarde, la puerta del garaje de la casa de Sonsoles se abre y el descapotable es engullido por la oscuridad subterránea. Fin de la aparición.

Pongamos que son las siete y cuarto. Queda todavía día y sol, pero ya nada tiene sentido. Allí estoy, en un coche prestado, viendo con el alma hecha cisco cómo la puerta baja hasta dar un golpe que me sume en la noche más siniestra. No me importa la desilusión ni los pensamientos deprimentes, porque de esa vegetación está mi jardín infestado y ya he aprendido incluso a darle forma a los setos. Pero esta amargura me desarma y me reduce como ya no recordaba que pudiera hacerlo. Creo que he vivido esto antes. Quizá cuando fui con otros niños a una tómbola y a otro le tocó la ansiada bicicleta y a mí un tanque estúpido que tiraba ventosas. Quizá cuando jugando a las prendas perdió Paloma, que tenía la piel de porcelana, y fue condenada a darme un beso y sentí su tierna mejilla mezclada con su náusea y después la vi irse para siempre jamás. Quizá cuando murió mi madre, el día que yo tenía que cumplir diecinueve años y de pronto cumplí cien.

Busco un sitio para aparcar y me dirijo hacia el Retiro. Traspaso la verja y me interno apresurada-

mente por los senderos hasta que llego a un rincón donde no hay nadie. Me siento en un banco y miro los árboles. Hace calor, estoy incómodo. Las esquivo un rato y al final me las hago, las dos preguntas: ¿Qué he hecho para desperdiciar así mi vida? ¿Cómo, de todas las vidas posibles, he acabado ganándome ésta en la que no hay más que mierda y túneles que no salen a ninguna parte?

En términos generales me la traen floja todas las cosas que no puedo hacer ni tener: es la ventaja de que todo lo que uno ve sea mierda o vaya camino de convertirse. Lo malo viene cuando uno ve algo que ostensiblemente no es mierda y a la vez se da cuenta de que no está a su alcance. Ése es el momento de la humillación y a nadie le da gusto que le humillen. Un pobre diablo, o sea yo, puede aguantar mucho tiempo haciéndose el cínico, aunque no deje de ser un pobre diablo. Hasta que te humillan. Entonces hay que correr a esconderse donde no te encuentre nadie y echarse a llorar, con mocos y todo. Uno se reencuentra con el frágil infante defraudado sobre el que se asienta la personalidad de todo adulto, y recobra a la vez el ansia de conquistar el ensueño y la imposibilidad de lograrlo. Da igual cuánto corras o cuánto midas: ese sentimiento te derrumba. Hay gente muy esforzada y gente muy mañosa, pero es demasiado complicado seguir siendo duro mientras te estás sorbiendo los mocos.

Esta tarde he estado allí solo bajo los árboles hasta que la noche ha terminado de caer y he empezado a arriesgar que algún malvado viniera a rajarme la tripa y quitarme las tarjetas de crédito (quiero decir al revés, porque si te rajan antes tienen que averiguar por su cuenta el código secreto). Luego he cogido el coche y he conducido despacio bajo las luces de la ciudad. Ahora estoy aquí, intentando que esta máquina cretina me alivie, pero la máquina sólo hace lo que le mandan y se limita a devolverme en forma de renglones luminosos mi estupor.

Debo explicar por qué acato esta suerte, que es lo más inconfesable de todo. Aprieto los párpados y la veo, moverse, sonreír, pasear de aquí allá sus maravillosos ojos azules. Y pienso: ¿Es remotamente posible que la consiga? Debería saber que no, o peor, que como fuera posible se transformaría en ese mismo instante en polvo, en mierda, en nada. Debería aceptarlo así y sacar las consecuencias. Pero si estoy escribiendo, y no descalabrado en el fondo del patio interior, es porque no lo he aceptado. Cuando yo todavía podía creerlo, este desasosiego era estar vivo. Ahora es ofender a quien decretó que estuviera muerto. Que mi castigo, cuando llegue, no sea demasiado doloroso.

Así, con esta confesión de culpabilidad y hasta de alevosía, me aparté del cómodo y mezquino acecho de Sonsoles y me precipité a mi perdición. Para aquellos a quienes extrañe el lirismo ridículo de las páginas que acabo de transcribir, como a mí me extraña, vaya en mi descargo que por aquella época sufría una melancolía de raíz química que me hacía sin duda bastante vulnerable. Tras algunos años de incertidumbre, acababa de perder la fe en los psiquiatras y en las benzodiacepinas. No sé si puede justificarlo, pero quizá ayude a comprenderlo. En aquellas circunstancias, y después de haber manejado durante un par de días la lóbrega hipótesis de entretenerme con Sonsoles, aquella niña era una tentación demasiado fuerte. Puede que yo sea un degenerado, lo admito. Pero me malicio que en mi lugar hasta el mismísimo Immanuel de Königsberg-Kaliningrado habría mandado al carajo su imperativo categórico y habría dejado de marcarle la hora a sus vecinos para soñar en su camastro con los abyectos deleites de la pedofilia.

Entre todas las fotografías impresionantes que en el mundo son, hay una que sobrecoge por encima de toda idea o prejuicio: la de las cuatro grandes duquesas rusas, hijas de Nicolás II, que fueron pasadas por las armas bolcheviques (a saber cuáles) en Ekaterimburgo, después de la Revolución. No importa si uno es ateo u ortodoxo, comunista reaccionario o econotecnoliberal, partidario de la monarquía o de que toda la sangre azul sea vertida a la mayor brevedad posible a la red de alcantarillas. Esas cuatro caras perfectas, esas cuatro niñas angelicales y orgullosas, para siempre unidas a su trágica suerte, producen un impacto imborrable en el pedazo que a cada uno le queda de corazón.

Tengo esa fotografía encima de mi escritorio (llamémoslo de esa forma), aquí como en todos los demás sitios en que he vivido desde hace cinco años, cuando la descubrí. La he mirado tanto que me la sé de memoria. Resulta difícil elegir a una entre las cuatro. Todas tienen esa escurridiza belleza eslava, a medias sobrehumana y a medias animal. La misma belleza que tienen las mejores patinadoras y gimnastas (menos las americanas, tan ordinarias con sus ortodoncias) y que me hizo adicto a sus competiciones. Sin embargo, si hubiera de escoger a mi preferida, por ejemplo si alguien me amenazara con la crueldad de darle tijera a la foto, suplicaría que me dejaran a la Gran Duquesa Olga.

De las cuatro es la mayor y quizá la más altiva. Mira a la cámara consciente de su enorme encanto, como una profesional. Las demás tienen el cuello recto, pero ella inclina la cabeza, con languidez calculada. A su corta edad ya está imbuida de su condición semidivina y de que el fotógrafo es un lacayo, poco más que un mujik. La Gran Duquesa flota en un vestido que vale y cuesta (no a ella) más que todo lo que posee el fotógrafo. No tiene ningún motivo para temerle y lo proclama con su insolencia infantil, mezclada con un deje precoz de mujer fatal.

Siempre me he preguntado qué sintió aquella niña, ya muchacha, cuando vio al primer mujik con un fusil irrumpir en sus aposentos para joderle la nube de tul en que había estado viviendo hasta entonces. Cuando tuvo que comerse el marrón de pagar en su linda carne toda la sangre de mujik derramada por los déspotas que se alineaban en su genealogía. Nunca he leído, aunque quizá haya sido escrito, qué les hicieron exactamente a las grandes duquesas antes de enviarlas a la fosa para que nunca nadie pudiera sembrarles en la barriga un posible zar de todas las Rusias. Naturalmente lo he imaginado, y no siempre de forma virtuosa. A la edad que tenía la Gran Duquesa Olga cuando fue suprimida de la línea sucesoria, debía ser una criatura altamente susceptible de provocar pensamientos y actos impuros, y es cuestionable que un bolchevique enardecido hiciera ascos o reprimiera su masculinidad. La propensión de los rusos a la lujuria y a torturar al prójimo es tan proverbial como la que tienen a gimotear con fondo de balalaikas. De modo que, asumiendo una situación probable (sucediera o no, eso es lo de menos), también me he preguntado a menudo qué pudo sentir la Gran Duquesa cuando el primer mujik se quitó la cartuchera y rugió de placer. Es sabido lo que sentiría una mujer corriente, pero no lo que siente una Gran Duquesa habituada a considerar que un mujik es lo mismo que un perro o menos, dependiendo del perro.

No oculto que al representarme esa escena horrible, como cualquiera, estoy con la Gran Duquesa y contra el bolchevique. Para empezar, la Gran Duquesa debía de ser más limpia y hablaba francés. Cuando uno va de noche por una calle solitaria (la vida es una nocturna calle solitaria) prefiere que al torcer la esquina haya una muchachita bienoliente que hable francés y no un mujik lleno de piojos. En segundo lugar, aunque es algo demasiado ruin para que la gente lo reconozca con naturalidad, todo hombre que se siente atraído por una fémina experimenta un odio fisiológico hacia el tipo que se la beneficia, normal o esporádicamente.

Dejando bien sentada, pues, mi rendida adhesión a la Gran Duquesa, es verdad, sin embargo, que nunca he podido meterme en su pellejo y sí en el del bolchevique. En particular, hay un instante en el que el sino del bolchevique me parece estremecedor. No cuando la descubre, ni siquiera cuando la desnuda y se le muestra un tesoro de dioses (a lo mejor el muy bestia no se paró a desnudarla). Tampoco, desde luego, cuando la ensucia haciéndola como cualquier otra y despojándola de su Gran Ducado. El instante en que el bolchevique se encuentra con su delicada misión sobre la Tierra ocurre después de que la Gran Duquesa ha sido asesinada y enterrada, cuando la recuerda por primera vez.

Hasta entonces, ha podido ampararse en la insensibilidad de la turba a la que pertenecía. Pero en ese momento sus actos adquieren carácter individual. Sus sensaciones de la Gran Duquesa, filtradas por la memoria que se las devuelve por primera vez, son algo que sólo a él corresponde. Y el martirio y muerte de la doncella no tiene para él el mismo significado que para los otros. Los demás apenas perciben otra cosa que el negro goce de la venganza, pero él, atrapado en una emboscada del destino, sufre una pérdida. La causa exigía que aquella niña fuera ejecutada y él creía en la causa. ¿Cuántos mujiks murieron sólo durante el reinado de Nicolás II? Hasta ese instante, simples preguntas como aquélla le protegían. Ahora no. Quisiera que la niña no hubiera desaparecido y la causa es la responsable de su desolación. La causa y él mismo.

Qué tierno instante, cuando el bolchevique reniega de sí y de la Revolución para admitir su ya necesariamente desesperado amor por la Gran Duquesa. Cuando olvida que la dulzura a cuyo recuerdo sucumbe fue destilada durante siglos a costa del sudor y la sangre de sus antepasados. No hay más creyente que interese que el que cambia de credo. Un patriota inquebrantable, un revolucionario pertinaz, un monje casto, mueven por igual al epitafio aprobatorio y al bostezo. Gracias a los renegados progresa el mundo.

Siempre me ha dado que el paraje donde van los héroes, llámese Valhalla o como sea, debe de ser un lúgubre lugar donde suenan los clarines, ondean los estandartes y hetairas atléticas ejecutan con los premiados una cargante gimnasia amatoria. Por el contrario, la cueva donde se revuelcan los felones debe de ser un sitio propicio a la fantasía: por allí pululan las damas más intrincadas, con las que también es factible mantener conversaciones enjundiosas. Tampoco es cuestión, digo yo, de estar todo el día apareados como simios, tediosa recompensa que en un número alarmante de culturas es lo único que parecen buscar los descerebrados que se hacen matar por una idea sublime.

Como todos, tengo mi lado revolucionario y me resulta algo engorroso alabar los genocidios alentados o consentidos por los zares en su capricho de forjar un imperio. Conviene apuntarlo para que no se confunda lo que diré a continuación: de toda la Revolución Rusa, nada me afecta como la flaqueza de ese bolchevique entregado a su inmunda pasión por la hija del tirano. Acaso nunca hubo tal bolchevique, y es indiscutible que aquella revuelta fue la culminación épica de una poderosa creencia. Aun así, mantengo lo dicho. Las creencias recorren invariablemente un camino natural, desde su sublevación contra otra creencia inicua hasta su transformación en la nueva iniquidad que será preciso destruir. El dolor y la belleza, en cambio, son irrefutables porque no se miden con ninguna creencia ni exigen que ninguna creencia se ponga a su servicio. Ningún hombre vale lo que cree, sino lo que ha deseado y lo que le ha sido dado sufrir. Cualquier hijo de perra o cualquier borrego puede creer cualquier cosa. Los elegidos lo son por el éxtasis o el infortunio. Los mejores, por ambos.

Contemplo la lejana imagen de Olga junto a sus hermanas, todas destinadas al suplicio (al menos el moral es seguro) y al patíbulo. Quién me iba a decir a mí, cuando todo lo que acabo de escribir eran nada más que chorradas para distraer las tardes de domingo, que yo también habría de experimentar la remordida flaqueza del bolchevique.

Por la mañana, y es que el cuerpo sabe lo que le conviene y a veces también lo sabe la olla que bulle en lo alto, ya no me acordaba de haber estado acariciando tenebrosas ideas a propósito de mí y de aquella niña tan desconcertante. Incluso estaba de un extraño buen humor. Hubo un tiempo en que me preocupaba oscilar de la desesperación a la ligereza con tanta facilidad como quien cambia de corbata, pero desde que comprendí que ser ciclotímico es una vacuna contra otras formas más fatigosas y antipáticas de trastorno mental, acepto con gusto las variedades de mi ánimo.

Mientras me preparaba el café decidí que estaba enfermo y llamé a la oficina para comunicarlo con la voz más lastimosa que soy capaz de poner. Ya tendría tiempo de inventar qué era eso tan gordo que me había autorizado a concebir que aquel día podía soltar el remo. Me quité la corbata, pero mientras me sacaba la camisa de ir al Banco para cambiarla por mi camisa talismán (la que tiene en la pechera una mancha indeleble, procedente de una pota que me echó durante una misteriosa cena de negocios una explosiva pelirroja), se me ocurrió que acaso me ayudara en algo ir bien vestido. De modo que recompuse mi imagen habitual de persona respetable, en la acepción usual del término. Quiero decir que mi apariencia era más la de los malnacidos que si han de darte por culo pagan a otro para que se ocupe, y menos la de los malnacidos que te dan por culo porque les han pagado para ocuparse (los bien nacidos no tienen apariencia definida; se les conoce al cabo de un buen rato de no darte por culo). Es posible que también, y me avergüenza admitirlo, me echara un poco más de Paco Rabanne o Armani, que es lo que usan los capullos como yo a partir de los treinta años para disimular el olor a podrido.

Aunque cuando salí de casa no tenía una estrategia concreta, ya sabía que iba a acercarme a la niña y a quemar mi suerte. Aparté a un lado todo lo que me aconsejaba eludirla y todo lo que la tarde anterior me había abatido. Yo no era más que un cochino sin escrúpulos y aquella nenita una promesa de sórdidos placeres. Así puestas las cosas, podían resultar.

Llegué al colegio después de la hora de entrada, cuando ya todas las niñas estaban en clase.

Por un momento dejé que se me ocurrieran varias ideas descabelladas: hacerme pasar por un inspector del Ministerio de Educación con ganas de marear a los dueños del selecto centro docente; simular que era un ejecutivo de una agencia de publicidad en busca de niñitas monas para anunciar tampones mini; entrar con gafas oscuras y sugerir a algún empleado o empleada que la trata de blancas podía aportar un complemento interesante a sus escasos emolumentos. Lo cierto es que me daba cierta pereza, así que pensé que mejor esperaba a que llegara la hora del recreo. El patio del colegio tenía un muro bajo y era posible apostarse en la verja para tratar de ver algo.

El recreo empezó a las once. Las niñas fueron saliendo por edades y organizándose en torno a una comba por allí, a una goma por allá, a una misteriosa china que ardía en la mano de una de ellas por acullá. Me sorprendió un poco que señoritas de tan exquisita educación, y que tenían tantas razones (de las de verdad, no las paridas que intentan colarles a los robaperas) para decirle no a la droga, se entregaran como consumadas adictas al ritual del hachís. Daba la casualidad de que yo estaba apostado en la parte más lejana del edificio del colegio y que este grupito, para mejor gestionar su actividad clandestina, se había venido a apenas quince metros de donde yo me hallaba. En cuanto me percaté de lo que se traían entre manos me hice el loco, pero tampoco las coartaba que yo estuviera allí. La que calentaba la china me miró y siguió a lo suyo como si nada.

En un principio había unas cinco, pero al poco se les unieron otras tres que se acercaron con mucha parsimonia desde el centro del patio. Una de ellas era la mía. Todas rondaban los catorce o quince años y en todas los rasgos de mujer y de niña se mezclaban desordenadamente, pero ella destacaba sobre las otras. Era la más alta, la más atractiva, la única que no tenía granos en la cara y con mucho la más apetitosa. Apenas se unió al grupo, la que se encargaba de la manufactura del canuto le espetó:

—¿Vas a querer hoy, Rosana? ¿O te da asco chupar lo que chupamos las otras?

—Eres una tortillera, Izaskun —gorjeó Rosana, sin énfasis.

—Y tú una asquerosa, princesita de mierda.

—No es que me dé asco, es que tengo los míos —replicó Rosana, haciendo aparecer de debajo de la cintura de su falda un paquete de Marlboro y un encendedor rosa. Prendió un cigarrillo y se puso a fumarlo con los brazos cruzados, basculando hacia atrás sobre sus caderas que aún no habían terminado de abrirse como a una mujer corresponde.

—Tú te lo pierdes. No hay comparación —dijo Izaskun—. Pero a lo mejor si te fumas un porro ya no eres la primera de la clase y esa chocha de doña Lourdes ya no te dice que vas a ser médica o ministra.

—Déjala, Izaskun, siempre la estás chinchando —terció una de las otras.

—No voy a ser nada de eso —se defendió Rosana—. Pero tampoco voy a acabar como tú, anunciándome en el periódico para comprar coca.

—¿Has probado la coca, Izaskun? —preguntó la que parecía más mentecata de todas las del corrillo.

—Una vez —se jactó Izaskun, clavando en Rosana una mirada rencorosa—. Me la dio a probar mi primo, cuando nos lo hicimos.

—Tú sólo te has hecho pis en la cama, cuando lo estabas soñando —se burló Rosana, y algunas de las otras se rieron.

—¿Y tú? —intervino la mentecata, ansiosa de indagar en la ciénaga de cualquier vicio que pudiera practicar otra.

—A ti te lo voy a decir.

—Claro que sí, Nuria —se burló Izaskun—, con Ken, el de la Barbie. Se metió la cabeza por ahí mismo. Tenía muy poca pilila, hasta para ella.

Ahora fueron las que estaban con Izaskun antes de que llegaran Rosana y sus compañeras las que estallaron en una carcajada estruendosa. Rosana se quedó callada, soplando el humo con el labio inferior arqueado, como si fuera a sonreír. Luego dio media vuelta y se fue con las otras dos.

Cuando las niñas se recogieron fui a buscar una cabina telefónica. Marqué el número de Sonsoles y me saludó la voz más bien estragada de Lucía, la sirvienta:

—Diga.

—Buenos días, llamo del colegio de Rosana, ¿es usted su madre?

—No.

—¿Pues con quién hablo, entonces?

—Soy la chica.

—Ah. ¿Está la señora?

—Sí, un momento.

Al cabo de medio minuto, la voz inconfundible de la madre de Sonsoles sonó en el auricular:

—Dígame.

—Buenos días, señora, llamo del colegio de su hija. Nos gustaría concertar una entrevista entre usted y la tutora.

—¿Pasa algo?

—No, por favor, todo lo contrario. Lo hacemos por estas fechas con todas las niñas. Forma parte del programa de orientación. Ya están en la edad en que conviene pensar en su futuro. Rosana es muy buena estudiante.

—Sí que lo es.

—Y una niña muy formal.

—Nunca nos ha dado el menor disgusto —se enorgulleció por segunda vez la madre de Sonsoles y de Rosana.

—¿Cuándo le vendría bien?

—Usted dirá.

Una vez que tuve la información deseada (Sonsoles *no era* la madre de la niña) me deshice de aquella mujer como pude, emplazándola para el lunes siguiente a una cita a la que no acudiría nadie y que supuse que sólo tendría como consecuencia que se cabreara con el colegio que tan caro pagaba don Armando. La fatalidad está hecha a veces de imprevisiones estúpidas.

Las niñas salieron a la doce y media y Rosana, junto con algunas compañeras, tomó un autobús. Fui por el coche y seguí el autobús hasta la casa de Sonsoles. Rosana bajó con otra niña también rubia, aunque algo desteñida. Oí cómo quedaban para un cuarto de hora más tarde y aparqué por allí cerca.

Quince minutos después las dos niñas se reunían y echaban a andar hacia el parque. Una vez dentro, buscaron un quiosco de helados y compraron un par de cucuruchos. Subieron hacia el estanque y lo rodearon por la parte septentrional. Se sentaron en un banco cerca de la estatua de Ramón y Cajal a terminarse el helado. Mientras estaban allí, la otra miraba a Rosana y Rosana miraba al frente. Rosana estaba seria y hablaba; la otra no hablaba y de vez en cuando soltaba una risita. Yo estaba al otro lado del paseo y con el ruido de la gente no podía oírlas. A los pocos minutos se les unió otra niña. Había bajado del autobús escolar en una parada anterior de su recorrido.

Media hora después, la que había venido con Rosana señaló su reloj, le dijo algo y la hermana de Sonsoles meneó la cabeza. Después de dudar durante unos instantes, la del reloj se levantó y se fue. Rosana estuvo con la otra unos diez minutos más, fumando y conversando en voz baja. Al término de ese tiempo se despidieron y cada una tomó su camino. Rosana cogió el paseo y se fue andando despacio, observando los árboles y a los transeúntes. Si hubiera tenido su edad, o si aquello no hubiera sido lo que era, yo la habría seguido hasta su casa discretamente y luego me habría ido a la mía a escribirle poesías. Pero aquello era lo que era y yo tenía treinta y tres años y poca gana de hacer versos, así que me dije que para qué iba a retrasarlo. Aquél era un momento tan a propósito como el que más. Salí tras ella y tres o cuatro metros antes de alcanzarla la llamé:

—Rosana.

Se paró y se volvió muy despacio. No tenía propiamente cara de asombro, sino de cautela.

—¿Cómo sabes mi nombre?

—No te asustes —dije, alzando las manos.

—No me asusto. ¿Quién eres?

—Me llamo Javier y soy un amigo.

—¿Un amigo de quién? —en los ojos azules la pupila se hizo chica hasta casi desaparecer.

—Está bien. Soy policía. Pero no se lo digas a nadie.

—No he hecho nada malo —afirmó con convicción, y echó a andar otra vez, pero sin prisa, como previendo que yo iría junto a ella. Me puse a su altura.

—Ya lo sé. Quiero hablar contigo de tu amiga Izaskun.

—No tengo ninguna amiga que se llame así. Te has equivocado.

—No hay muchas Rosanas para confundirse.

—De todas formas. Ninguna amiga mía se llama Izaskun.

Sonreí y le busqué la mirada, pero no se la dejaba atrapar más que cuando era ella la que te atrapaba la tuya.

—No está bien que intentes engañarme. Sé que va a tu clase y os he visto en el colegio. Hoy habéis estado juntas en el patio.

—Eso no quiere decir que seamos amigas —sentenció, y mientras lo decía se echó el pelo hacia atrás con la mano derecha, que era la que tenía más cerca de mí. Normalmente el mejor sitio para comprobar que una niña no es una mujer son las manos, que tienden a ser chatas y a llevar las uñas mordidas. Las uñas de Rosana eran cortas, aunque no se las mordía, pero sus manos de chatas no tenían nada. Incluso separaba y curvaba los dedos como una experta, demostrando una sabiduría que muchas mujeres no consiguen nunca, la que consiste en haber averiguado que cada dedo tiene una misión propia.

—Rosana, tú eres una buena chica —dije—, y sabes que Izaskun está en un buen lío. ¿No te gustaría ayudarla?

—¿Ayudar a Izaskun? Si vas a meterla en la cárcel me alegro. Es tonta del culo y se lo merece.

—No vamos a meter a ninguna niña en la cárcel. No andamos cazando niñas, precisamente.

—¿Y qué puedo hacer yo?

—Decirme quién le pasa la droga. Eso es todo.

—Borja. Él se la pasa.

—Borja qué.

—No sé. Va al colegio de al lado, al de los curas.

Para realizar más cómodamente la delación, Rosana se había desviado y se había quedado quieta junto a un árbol de los que flanqueaban el paseo. Yo me coloqué frente a ella.

—¿De verdad no me puedes dar su apellido? A lo peor hay quinientos Borjas, en ese colegio.

Rosana levantó los ojos y me contempló durante un segundo, de arriba abajo. Luego dijo:

—Ese Borja es inconfundible, lleva tres o cuatro años repitiendo octavo y siempre quieren expulsarle. Lo mismo le han expulsado ya, aunque su padre sea presidente de los antiguos alumnos del colegio.

—¿Sabes algo más de él?

—Sí. Siempre quiere ligar conmigo —presumió, enredándose en el índice la punta de un largo mechón de sus cabellos—, pero como yo no le hago caso se ve con Izaskun. A Izaskun no le da asco nada.

—Y eso es todo lo que sabes.

—Y eso es todo lo que sé, poli —me escupió.

—Vaya, ves películas, ¿no?

—A veces. También te vi antes, cuando estabas en la valla del colegio. Creí que eras uno de esos tíos que van a espiar a las niñas que saltan la goma en el recreo, por si enseñan las bragas.

—Ya. Supongo que habrá bastantes tíos de ésos.

—Pues algunos. Pero nunca llevan una corbata tan bonita como ésa. Ya me fijé antes, en tu corbata. Creía que los polis no ganaban mucho dinero.

—Yo hago horas extras. ¿Te gusta venir al parque?

Rosana frunció el ceño:

—¿Y eso qué tiene que ver con la investigación?

—Nada. La investigación ha terminado. Es para que me cuentes cosas de ti. Me caes bien.

Rosana se separó del árbol.

—Tú tampoco me caes mal, creo. Pero hace cinco minutos que Lucía tiene la comida preparada, en casa. Mi madre se enfada si me retraso. Dice que si me retraso Lucía no se lo toma en serio. ¿Sabes lo difícil que es encontrar hoy día una chica que funcione? —preguntó, con retintín.

—Claro, tienes razón. No te entretengo. Muchas gracias por todo.

—No hay de qué. Me encanta que detengan a Borja.

—No debes contárselo a nadie. Ni a tu madre ni a tu mejor amiga.

—A mi madre no se le puede contar nada. Es una pobre mujer. Adiós.

—Hasta la vista —me despedí, alucinado.

Rosana se alejó por el paseo, con la impecable cabellera rubia ondeando al viento entre la multitud. En un momento se la apartó a un lado y aprovechando el movimiento torció el cuello para cerciorarse de que yo la miraba irse. Pese a la distancia, vislumbré su gesto complacido. Eran las dos y diez y empezaba a hacer demasiado calor para llevar el traje, pero allí, bajo la sombra de los árboles, no se estaba mal. Me fui paseando entre los ancianos, los niños y las hermosas patinadoras que pasaban con los muslazos comprimidos en brillantes mallas multicolores. El verano tiene el inconveniente de que uno puede llegar a descuidarse imaginando que no hay feas en el mundo. Mientras caminaba recordé a Lewis Carroll y J. M. Barrie, acaso los más brillantes apóstoles de la pederastia heterosexual (aunque hay quien sostiene que Barrie era todoterreno, yo me dejo guiar por la intensidad del repeluzno con que Peter Pan descubre que Wendy se ha convertido en madre: compárese con la indiferencia absoluta que muestra hacia los hombres). También recordé a Oscar Wilde, excelso apóstol de la otra pederastia. Debería mover a reflexión el que sean algunos de sus mejores miembros los que se dan a prácticas que la sociedad reputa abominables. Los griegos, a quienes el hombre europeo debe la gloriosa herencia de la duda, que nos distingue de los pueblos atrasados y de los salvajes (Norteamérica, Japón, etc.), eran casi todos sodomitas o corruptores de niños. Desde luego es más sencillo arrojar al fuego a quien osa cometer actos que ocasionan zozobra a sus conciudadanos. Tal debe ser, posiblemente, la práctica de todo ordenado gobernante. Pero ¿qué puede preferir el súbdito irresponsable?

Cuando a mí todavía me apetecía ver mundo, agarré un verano y me largué a París. Allí hay un cementerio que se llama Père Lachaise, y en ese cementerio está enterrado Oscar Wilde. Su tumba es una horterada insufrible que le erigió una admiradora, pero detrás de ella hay un escalón en el que pueden encontrarse curiosos objetos. Son los recuerdos que dejan los visitantes: piedras, flores secas, billetes de metro, mechones de pelo, cartas. Entre estas últimas, descubrí una que empezaba: *Querido Oscar: Desde que te fuiste, poco han cambiado las cosas en Inglaterra...* Seguía la conmovedora confesión de los tormentos espirituales de un *gay* a escondidas, una impresionante filigrana de sentimientos exquisitos. Después de leerla, tuve una idea peculiar: ¿conmovería media mierda a alguien la carta que dejara un hombre recto sobre la tumba de, pongamos por caso, un honorable miembro del tribunal que condenó a Oscar?

Aquél, y no me di cuenta hasta que fui por la tarde a la salida del colegio de Rosana y no salió nadie, era un día viernes. En los colegios públicos no hay clase por la tarde en todo junio, pero en los que pagan los opulentos (donde les almacenan a la descendencia, manteniéndola alejada de la chabacana influencia del servicio, mientras ellos ventilan importantes asuntos) sólo hay jornada abreviada los viernes, durante todo el año académico. Será porque cada vez está más generalizado que la tarde del viernes empieza el reposo del guerrero urbano.

Los días viernes siempre me descolocan. A veces acabo yendo por la noche a uno de esos locales donde se encuentran los divorciados hambrientos de cariño. Allí hay mujeres que te dan su teléfono según se están presentando y que siempre llevan condones en el bolso. Por lo común es aburrido y desagradable, pero alguna vez he conocido gente muy sensible que simplemente se siente perdida en un apuro para el que no estaba preparada. La sociedad no es muy piadosa para con los que sufren sus desajustes y resbalan por sus cañerías. Y encima tienen cuarenta años y ellos se percatan de que no entornan los ojos como Robert Mitchum y ellas de que tienen el culo un pelín más bajo que Jane Fonda.

Otros días estoy menos profundo, y me acerco por algún templo en el que retumba esa basura que sirve de tam-tam a los niñatos que se atiborran de pastillas y salen a matarse en la autopista contra algún padre de familia que vuelve de trabajar en un turno de noche. Allí me emborracho rápidamente y suelo echar el rato mirando bailar a las niñatas, porque hay una conocida ley física que determina que la densidad de su encéfalo sea inversamente proporcional a la longitud de sus piernas y la firmeza de sus tetas.

Es increíble la cantidad de gente que ahora tiene las piernas largas, en un país de proverbiales paticortos. También es increíble la cantidad de rubias y de Licenciados en Ciencias Empresariales. Han tenido que echarnos en la comida algo que ha producido una ola de mutaciones genéticas, porque antes no éramos así. Uno de los recuerdos que guardo de mi familia es una fotografía de un puñado de soldados y suboficiales posando con cuatro mulas durante la campaña de África, allá por 1924. Uno de ellos es mi abuelo, a quien le tocó hacer allí la mili, o sea la guerra, que era lo que tocaba entonces, aunque nadie se hacía objetor de conciencia (la conciencia no es un artículo de primera necesidad, sino una veleidad de estómagos satisfechos). Si aquellos hombres renegridos y harapientos vieran a sus bisnietos bailando *acid* bajo un rayo láser, pensarían que estaban presenciando el fin del mundo. Y viceversa: en más de una ocasión, alguna mascachicles que pasó por mi apartamento para hacer lo único que se puede hacer con ellas se quedó mirando la foto y me preguntó que por qué tenía a todos esos turcos tan horribles allí puestos.

Pero yo estaba con la tarde de aquel día viernes en que había tomado contacto con Rosana y me debatía, ante la puerta de su desierto colegio, entre una serie de poco incitantes alternativas para entretener las horas subsiguientes. Como hasta la noche quedaba todavía un buen rato, resolví acercarme al domicilio de los López-Díaz y quedarme allí un par de horas, sentado en el coche. Quizá saliera Rosana. O también podía salir Sonsoles y pillarme demasiado cansado de esperar.

Estimo que pasé allí, apostado frente al portal, cerca de dos horas y media. Cuando se abrió la puerta y apareció Rosana, la luz empezaba a atenuarse y yo estaba medio traspuesto. Había sustituido el uniforme de colegio femenino por unos vaqueros que subrayaban audazmente su silueta y un chalequito ajustado que no tapaba su vientre. Como había hecho por la mañana, remontó con parsimonia la calle que iba desde la suya hacia el Retiro. Una vez que hubo desaparecido me quedé dudando si convenía ir tras ella. Acaso era mejor dejar por aquel día las cosas como estaban entonces. Pero no pude renunciar a espiarla. Si hubiera recibido alguna oferta, habría vendido mi alma a cambio de una buena foto de sus hombros desnudos.

Rosana subió hasta el estanque. Deambuló entre los músicos, los titiriteros, los echadores de cartas y los vendedores de abalorios. Luego estuvo diez minutos acodada en la barandilla, contemplando las barcas. Un chaval de su edad quiso entablar conversación y ella le escuchó sin contestarle hasta que el otro desistió y se fue. Entonces se separó de la barandilla del estanque y bajó por el paseo hasta la plazoleta del Ángel Caído, al que no prestó mayor atención. Su destino era la Rosaleda, donde buscó asiento y se acomodó tranquilamente a ver atardecer.

Mientras la vigilaba, dos intensas sensaciones se apoderaron de mí. La primera, una muy malsana envidia hacia aquella dichosa criatura que podía dedicarse a presenciar ocasos y no tenía que malbaratar su tiempo a cambio de un puñado de dinero grasiento. Cuánta razón tenía ese tunante de Joseph de Maistre, cuando afirmaba que sólo quienes poseen rentas y se hallan exentos de la miseria del trabajo tienen tiempo para cultivar el espíritu y son por tanto capaces de sopesar ecuánimemente los problemas de la república. Los demás somos unos rencorosos de mierda que en el mejor de los casos podemos convertirnos en criminales peligrosos (ejemplos de hombres humildes que alcanzaron un poder indebido: Napoleón, Durruti, Himmler).

La segunda sensación tiene que ver con algo que debo, paradójicamente, a Dostoievski. Soy de los pocos hombres vivos que pueden decir que se han leído de cabo a rabo *Los hermanos Karamázov*, y tan ingente sacrificio lo consumé con el único propósito de poder proclamar con conocimiento de causa que el viejo Fiódor Mijáilovich era un ladrillo de mucho cuidado. Pero Dostoievski es también autor de una modesta historia titulada *Las noches blancas*, que no sólo me gustó, sino que me dejó una influencia irreversible. En esa historia hay una mujer que pasea sola: en unas pocas noches, el protagonista se enamora como un imbécil de ella. Desde que la leí, y es que yo entonces era muy impresionable, las mujeres que pasean solas me rinden, sin remedio. Rosana, allí sentada, dejando que el crepúsculo se fuera cumpliendo en los confines de la tarde, despertó en mí aquella fascinación irracional. Si yo fuera general o ministro y poseyera secretos de Estado, podrían sacarme hasta el tuétano sólo con enviarme a una espía que supiera sentarse en el banco de un parque a meditar. Ni siquiera haría falta que fuese guapa, bastaría con que no tuviera ninguna deformidad demasiado visible. Cuando le he contado esto a alguien, se ha precipitado a sospechar que me enamoraba con frecuencia. Nada más descaminado. Hoy día resulta extraordinariamente difícil encontrar mujeres (y hombres) que mediten. Ni en el banco de un parque ni aunque les apunten con una pistola a la cabeza.

Rosana no tenía prisa. Aguantó hasta que el cielo se puso violáceo y yo comencé a preguntarme cómo su familia permitía que corriese el riesgo de estar en el Retiro al borde del anochecer. Es verdad que todavía quedaba bastante gente, pero la Rosaleda empezaba a vaciarse. Cuando al fin se levantó y se puso en movimiento, perdí un instante haciendo un rápido cálculo. Antes de que ella saliera del recinto de la Rosaleda, yo corría hacia un paseo por el que no tendría más remedio que atravesar si iba a su casa. Elegí un banco y me instalé.

La vi venir, abstraída, sin apresurarse. Confiaba en que ella me divisara, pero cuando ya me rebasaba, tuve que ser yo quien atrajera su atención:

—Rosana.

Interrumpió su marcha y se volvió hacia mí. Tardó un segundo en reconocerme.

—¿Qué haces aquí?

—Vengo todas las tardes, a pasear —respondí—. ¿Qué haces tú?

—Nada.

—¿Por qué no te sientas? —la invité, sin más rodeos—. Se está bien.

—Mi madre dice que no hay que hacer caso a los desconocidos. Creo que eso vale lo mismo para los parados que venden pañuelos en los semáforos y para los policías que llevan corbatas bonitas.

—¿Siempre haces caso a tu madre?

Rosana se acercó, apenas unos pasos, lo bastante para que me entrara un deseo insoportable de saltar a morderle los hombros. Por si eso no bastara para convertirme en una bestia babeante, que bastaba, me di cuenta de que no llevaba sostén. Tenía un par de cositas perfectas, leves como pájaros.

—No —dijo.

—¿Y entonces?

Rosana apartó los ojos.

—¿Te llamas Javier de verdad?

—Sí.

—Me gusta ese nombre. ¿Y eres policía de verdad?

—También.

La niña volvió a mirarme. Sus pupilas brillaban.

—¿Has detenido ya a Borja? —interrogó.

—Todavía no. Hay que hacer comprobaciones.

—Pensé que lo mismo me mentías. Borja me ha llamado esta tarde. Estaba tan pancho, en su casa.

—Eres una chica muy lista. Pero si sigues ahí de pie vas a crecer y vas a dejar de ser una niña. A lo mejor entonces dejas también de ser lista.

Retrocedió. El cielo ya estaba oscuro:

—Es muy tarde. No me puedo quedar.

—Lucía ya tiene la cena —deduje.

—Se te quedan los nombres.

—Me gano la vida con eso.

—Lucía tiene la tarde libre. Hoy le toca a mi madre.

Me eché hacia atrás y procuré resistirme a su hechizo. Más valía no iniciar nada que no pudiese liquidar en condiciones.

—Deberías irte, entonces. No me gustaría que te enfadaras con tu madre por mi culpa.

—Vas a pensar que quiero escaparme —lloriqueó, y no acerté a distinguir si se burlaba o lo decía en serio.

—No. Voy a hacer una cosa. Mañana a las once vengo y me siento en este banco. Si estás aquí antes de las once y cuarto hablamos sin que tengas que correr a ninguna parte. Si no estás, cojo y me voy y ya no hablamos nunca. ¿Te parece?

Rosana se rió.

—No te prometo que venga. Los sábados me levanto tarde. Si estuvieras todavía a las doce, podría ser, pero tampoco lo prometo.

—A las once y cuarto, ni un minuto más. Si no estás a las once y cuarto es que no te importa. Que sueñes con los angelitos.

—Yo no sueño con angelitos. Hace tres años que tengo la regla.

—Vaya.

—Y ya sé lo que buscas, por si crees que no me he enterado —se jactó.

—Creo que no te has enterado. Y si vienes mañana después de las once y cuarto ya no podrás enterarte.

—Seguro que sí. Cuando vayas otro día a mirarles las bragas a las niñas que saltan la goma en el recreo. Entonces no te inventes que eres policía.

—No me lo he inventado. Pero tú piensa lo que quieras, Rosana. Eres demasiado guapa para que te arrepientas.

—Adiós.

—Hasta mañana.

Ella se fue y cuando la noche terminó de caer encima del parque yo seguía en el banco, acordándome mucho de sus hombros y devanando ilusiones inconfesables.

La noche de aquel día viernes desistí de los pasatiempos habituales y di en vaciar en casa una botella de Black Bush que había comprado en cualquier aeropuerto. El cuerpo me admitió la mitad: el resto lo escancié ceremoniosamente en el inodoro mientras mi reproductor de compactos arrojaba a todo volumen, para terminar de enrarecer mis relaciones con los vecinos, los graves acordes de esa fastuosa melodía que el mundo debe a Allison Moyet y que lleva por título la frase más redonda que nadie ha encontrado jamás para un título: *Winter Kills.*

En el momento actual, apabullada por los medios de comunicación, que ora dan el coñazo para que uno vaya a ver la película sobre ese cursi pretencioso de Beethoven, ora beatifican a cualquier macarra anglosajón muerto por sobredosis aunque no supiera cómo se cogía una guitarra, la gente no se atreve a decir lo que piensa de la música. Es jodido sostener que lo que hacía Mahler y lo que hace Mick Jagger sean la misma cosa, pero uno se da cuenta de que no se puede decir nada contra ninguno de los dos y la mayor parte de las personas dan en pensar que no tienen gusto y más les vale callarse o repetir lo que diga la tele o la prensa.

Reconozco que he padecido como cualquiera esa mordaza, y que alguna vez que he intentado sublevarme mi interlocutor me ha arrojado encima una tonelada de consignas oficiales y casi me he quedado sin argumentos. Digo casi porque siempre había uno, que me guardaba y ahora ya no me importa enseñar: la única música que vale es la que me emociona, y la música que me emociona es la música que a mí me sale de los cojones que me emocione.

Durante mi época de desorientación, la música que me emocionaba era demasiada, en parte porque no identificaba debidamente lo que era la música y en parte porque no identificaba bien qué era emocionarse. Yo he creído emocionarme con Haydn, que ya es despiste. Ahora he reflexionado y he comprendido que un hombre debe caminar ligero de equipaje, así que me he ceñido a lo imprescindible. La lista a que he reducido toda la historia de la música, y que cubre de sobra todas mis necesidades, se compone de lo siguiente: *Upstairs at Eric's*, de Yazoo; *The Number of the Beast*, de Iron Maiden; y Schubert.

Que la lista sea así de corta no significa que no oiga otras cosas. Como se recordará, toda esta funesta historia empezó con una hostia por culpa de Judas Priest. Lo que sí significa es que, fuera de lo que acabo de dejar enumerado, me abstengo de *escuchar*.

Comienzo por Schubert. ¿Cómo se hace para que no sobre nada de lo que uno compone? Acaso el truco sea vivir a duras penas, estar solo como un perro y morirse a los treinta años. Por poner un contraejemplo, Bach vivió bastante y tuvo la plasta de hijos y abundante papeo (no hay más que mirarle, justamente, la papada). En cuanto a los méritos de su música, hablo de la de Schubert, otros podrán suministrar las razones universalmente admisibles que conviene exponer en sociedad para que no te tape la boca un listillo de mierda. No es de eso de lo que aquí se trata. Yo salvo a Schubert y lo antepongo a todo porque la primera y última vez que creí enamorarme noblemente sonaba de fondo su Trío Op. 100. También porque la primera vez que quise tirarme desde el Viaducto más o menos de veras (hablo de los tiempos en que era un idiota y no me cagaba por los pantalones al pensar en la muerte, como ahora), me llevé un casete portátil con el *Winterreise* (además de idiota, era un efectista) y me quedé escuchándolo hasta el final (hasta que me olvidé de que había ido a suicidarme). Pero quizá sobre todo, adoro a Schubert porque aún hoy, cuando empieza el primer movimiento de la Quinta Sinfonía, me asalta el pasmoso convencimiento de haber sido en algún momento francamente feliz.

Las razones que me asisten para elegir *The Number of the Beast* son menos nostálgicas. Aunque me limito a este título, admito que en las dos primeras obras de Iron Maiden (*Iron Maiden* y *Killers*) ya se apuntan los recursos que les permitirían coronar su carrera en momento tan temprano. Por mí, todo lo que han hecho después podrían habérselo ahorrado como músicos (comprendo, no obstante, que tienen que dar de comer a sus familias). Ya fue premonitorio que la última pieza del disco, *Hallowed Be Thy Name*, fuera el lamento de un condenado a muerte. Es innegable que ninguna de las demás canciones iguala la perfección de esa última, en cuyos escasos minutos el *heavy metal* alcanza, para no recuperarlo ya nunca, el dominio absoluto de los más altos misterios. Personalmente, sin embargo, siempre he tenido debilidad por 22 *Acacia Avenue (The continuing story of Charlotte the Harlot)*, la mejor historia romántica que nunca se haya contado con fondo de batería y bajo discontinuo. Alguna tarde he bajado el Paseo de las Acacias que hay en Madrid pensando en Charlotte, a quien puedes ir a ver, según Iron Maiden, siempre que te sientas hundido y sin compañía, que es el estado más frecuente y menos inestable del hombre moderno.

Queda, por último, Yazoo. Hasta donde conozco, en el corto tiempo en que se aguantaron mutuamente, Vince Clarke y Allison Moyet alumbraron bajo ese nombre dos discos de larga duración. El segundo es una agonía prolongada por hacer un poco más de pasta y no debe preocupar a nadie. El primero, *Upstairs at Eric's*, es sencillamente inmenso. Durante años lo escuché todos los días, hasta que en cada una de sus piezas quedó guardado un trozo decisivo de mi alma.

El alma es la suma de las cosas que uno ha vivido antes de hacerse un canalla escéptico. Así, en *Don't Go*, que es la primera canción, está la euforia de mis ingenuas borracheras adolescentes, durante las que me sentía siempre fuerte y optimista. En *Too Pieces*, las noches de primavera que me pasaba mirando las nubes iluminadas por la luna (aunque luego, por falta de ocasión o de paciencia, no ha vuelto a ocurrir, juro que alguna noche vi a alguien allí arriba). *Bad Connection* representa la dureza de todas mis separaciones irremediables. *Midnight* encierra, entre los quebrados terciopelos de la voz de Allison, la serena voluptuosidad de las noches de verano, cuando las había y eran voluptuosas. *In my Room* me evoca las largas horas transcurridas en la soledad de mi habitación, donde aprendí casi todo lo que sé de mis congéneres. A *Only You* le tocó envolver el final de lo que había empezado con el Trío de Schubert. Y con *Tuesday* tuve el primer presentimiento de cómo se fracasa en la vida en general. Pero no tuve miedo, porque *Winter Kills* me aficionó a la oscura tranquilidad de la derrota.

Los textos de Clarke son relativamente incoherentes y los de Moyet a veces herméticos. Pero en este caso creo que sirven para aclarar por qué aquella noche, la del día viernes en que había cruzado las primeras palabras con Rosana, fue *Winter Kills* lo que escogí escuchar:

> Dejaste que el sol te cegara
> y me recriminaste
> por recordarte
> cómo mata el invierno

La primera vez que había escuchado esas palabras yo tenía, como Rosana, quince años. Entonces también me pertenecían los parques y las lentas horas del atardecer. No aspiro a que nadie me absuelva, pero espero que alguien pueda entender que decidiera dejarme cegar por el sol, olvidando que el invierno mataría todo lo que me diera por querer. Si se piensa un poco, tampoco es tan malo que lo que uno ha querido desaparezca. Hubo una vez en Lisboa un invertido de fino talento que jugaba a cambiar de nombre y lo escribió a la vez corto y rotundo, quizá al dorso de una letra de cambio: uno tiene, sólo, lo que antes ha perdido.

Aquella noche tuve un sueño. Antes de seguir, quizá convenga explicar que cuando digo que tuve un sueño no debe entenderse lo que usualmente se entiende. Casi todo el mundo, cuando dice que ha tenido un sueño, parece como si dijera que se le ha escapado un pedo. Es a medias una cosa inconveniente y a medias una cosa que no tiene mayor importancia. Para mí es distinto. Yo tengo un respeto enorme a los sueños, y lo tengo además desde siempre, o para arreglarnos, desde que era poco más que un bebé.

Cuando todavía no había cumplido los tres años, tuve unas fiebres que me provocaron espantosas alucinaciones. Mi primer recuerdo, antes que la cara de mi madre o la voz de mi padre, es una de aquellas pesadillas. En ella, bajo un calor agobiante, mis piernas y mis brazos eran devorados por una manada de tortugas. Así contado parece de chiste, pero yo pasé un susto de tres mil pares de pelotas. Tanto es así que, según mis padres, la primera medida que tomé en cuanto estuve repuesto y pude volver a bajar a jugar al jardín fue decapitar de un mordisco la tortuga de mi amiguito Roberto, único animal de esa especie que yo había visto y que me debió inspirar el terrible episodio onírico.

Después fui acumulando otros recuerdos y otras pesadillas, menos primarias, pero mucho más puñeteras. Entre los cuatro y los ocho años soñaba casi todas las noches que mis padres habían muerto. El sueño tenía una variante *ma non troppo*, en la que simplemente me lo decían otras personas y yo pasaba un rato de angustia hasta que al final ellos aparecían sanos y salvos. También había una variante *fortissimo*, en la que mis padres eran sádicamente ejecutados en mi presencia y luego se me torturaba durante horas ridiculizando lo poco fuerte y lo poco valiente que había sido mi padre antes de que lo remataran. Cuando despertaba, sentía un abandono y un desprecio por mi padre que algunas veces no se me iba hasta el mediodía.

En la pubertad, coincidiendo con el inicio del asunto hormonal, mis sueños tomaron un efímero pero alentador sesgo. Empecé a soñar con castillos abandonados, bosques impenetrables, extrañas casas de muchas habitaciones. Esto en sí no es que resulte peculiarmente estimulante, pero casi siempre mi exploración de estos lugares misteriosos me deparaba el hallazgo de deleitosas jovencitas (o no tan jovencitas) con las que por lo común protagonizaba líricas escenas. De vez en cuando, para qué negarlo, follábamos sin más trámite. Lo bueno de una y otra alternativa era que ellas estaban dispuestas a hacer lo que rehusaba la fémina por la que en cada momento yo penaba: unas escuchaban amablemente mis requiebros (no con arrobo, sino con indulgencia, que es cosa más humana y de mayor utilidad) y me acariciaban con sus manos de nieve; las otras eran unas cerdas incansables y aceptaban todas las posturas. Aquellos sueños hacían innecesaria la realidad, y en parte gracias a ellos no me lamento por no haberme comido una rosca en mi adolescencia. Por lo demás, soy de la opinión de que los amores juveniles realizados son una cursilada insoportable, mientras que los frustrados engendran magníficas deformidades psicológicas que más adelante permiten retrasar el inevitable momento en que echar un polvo es como subir un saco de arena a un décimo piso con los tobillos atados el uno al otro.

En mi edad adulta, y como parte de la sistemática amputación que ese estado representa, los sueños empezaron a escasear, hasta que pronto desaparecieron casi por completo. Esto nos lleva a lo que decía antes. Cuando conocí a Rosana, y cuando esa noche soñé con ella, era más que raro que yo soñase, al menos por lo que podía recordar a la mañana siguiente. Y eso había exasperado esta faceta de mi vida. Si tenía una pesadilla, era tan demencial que tenía que sujetarme fuerte para que no me dejara medio bobo. Si era un sueño de muchachitas cariñosas, me producía un trastorno considerable, y cuando me despertaba y veía que la muchachita se había desvanecido me entraba una desazón y subsidiariamente una mala hostia que no podía controlar. En cualquier caso, un desarreglo, del que cada vez me costaba más reponerme para seguir comiendo mi ración diaria de mierda.

Lo singular de aquella noche, y puede que una razón de lo que vino luego, fue que la muchachita no se desvaneció. No inmediatamente.

El sueño ocurría en un hipermercado. Creo que es la primera y última vez que he soñado con un hipermercado. Aunque en realidad no era exactamente un hipermercado, sino uno de esos centros comerciales donde hay toda clase de tiendas, bares, discotecas, clínicas caninas, peluquerías, videoclubes, gimnasios, y también hipermercados. El centro era nuevo y casi todos los establecimientos estaban aún desocupados o en vías de ocupación. Algunos escaparates, los menos, se veían ya llenos de género, listos para atraer y atrapar al voraz *homo shopping*. Una cosa extraña era que intercalándose entre los diferentes negocios había puertas cerradas con apariencia de viviendas, por las que ocasionalmente entraban o salían personas apresuradas que miraban a su alrededor con aire de desconfiar.

Qué hubiera ido yo a hacer allí, lo ignoro. Sí sé con quién estaba: con mi hermana y un grupo de amigas suyas, cuatro para ser exactos. Lo notable de tal compañía es que nunca he tenido una hermana, salvo error u omisión de mi padre. Por eso lo primero que excitó mi curiosidad fue mi hermana en sí. Aunque por poco tiempo. Tenía el pelo del color del mío y se me asemejaba de un modo convencional, esto es, como las hermanas suelen asemejarse a los hermanos. Así como los hermanos que se asemejan a sus hermanas resultan a menudo favorecidos por ello, las hermanas que se asemejan a sus hermanos más bien se envilecen. En resumen, que mi hermana, transcurrido el primer minuto de novedad, carecía de interés. Mientras caminábamos charlaba con una de sus amigas, que por la cara y el andar también tenía un hermano al que se asemejaba.

El resto de las amigas eran otro cantar. Una de ellas, alta y morena de piel, se movía como una gata. Otra, menos alta pero también morena, marchaba agarrada a mi brazo y me susurraba porquerías mientras su alborotado busto, casi suelto en el escote, subía y bajaba ante mis ojos. La última, que iba hablando con la gatuna, era, sencillamente, Rosana. En mi sueño tenía acaso tres o cuatro años más que en la realidad, hasta dieciocho o diecinueve. Medía apenas un par de centímetros menos que la otra y su cutis, en comparación, lucía una delicada palidez. Un detalle que la distinguía de la Rosana de quince años era su mirada, afilada por un maquillaje para las pestañas que endurecía eficazmente su color azul.

Nos íbamos parando en las tiendas que estaban a medio instalar o ya instaladas. Ellas echaban un vistazo a los escaparates y yo seguía a lo mío, o sea, al busto alborotado; y es que cuando su dueña se inclinaba un poco, se despegaba de la tela del escote, recorriendo todo el abanico de formas sugerentes que puede adoptar un busto suelto. Sin embargo, sentía cierta desgana. No oculto que barajaba la idea de aprovechar que estaba en un sueño y podía arrancarle el vestido sin mayor engorro. Pero aquella damisela impúdica no me seducía demasiado. Era la más asequible, y eso la devaluaba bastante. En un sueño uno aspira a lo máximo, aunque a veces se acabe el tiempo y no se saque nada, como en la puta vida.

Mientras andábamos de tienda en tienda, no tenía decidido qué era lo máximo. Rosana y la morena gatuna me gustaban más o menos lo mismo y confiaba en que quedase tiempo suficiente. Sin embargo, la relativa inmovilidad del sueño, consistente en avanzar despacio por un largo pasillo, no duró mucho. Aunque en ningún momento había tenido la sensación de que fuéramos a un sitio concreto, al llegar ante una puerta cerrada, de las que daban entrada a viviendas, mi hermana se paró de golpe y dijo:

—Pues quizá sea aquí.

Sacó una llave y la probó. La cerradura giró sin dificultad.

—Pues es aquí —confirmó la amiga que también tenía un hermano.

Tras la puerta apareció una empinada escalera. Mi hermana y la otra subieron primero y los cuatro restantes nos quedamos un poco atrás. Rosana tomó la iniciativa y la del busto y yo fuimos los últimos. Al final de la escalera había un saloncito oscuro. Nos acomodamos en diferentes asientos y nos quedamos callados. Todas estaban pendientes de mi hermana. Ella se retorcía las manos.

—No iremos a quedarnos aquí hasta que decidan acordarse de nosotras, ¿verdad? —rompió el silencio la morena gatuna.

—No podemos hacer otra cosa —alegó mi hermana—. ¿O tienes alguna idea?

—Sí. Que desde luego yo no espero a nadie. Quien quiera algo conmigo que me busque. Si me encuentran aquí sentada ya sé lo que van a imaginar, y no estoy dispuesta a pudrirme con eso. Me voy a dar una vuelta por ahí.

La morena se levantó y se estiró el vestido. Era lila, ligero.

—Puede que no te busque nadie —advirtió mi hermana.

—Puede —respondió la otra, saliendo de la habitación.

Mi hermana tuvo un instante de desconcierto. Luego se rehízo y preguntó:

—¿Y qué vais a hacer los demás?

—Yo me quedo contigo —se aprestó su adepta.

—Yo no soy impaciente —saltó la del busto, riéndose, mientras me tiraba un pellizco en el brazo.

Nadie más tenía prisa o ganas de contestar. Mi hermana nos observó a Rosana y a mí, apremiándonos. Al fin, insistió:

—¿Y vosotros?

Rosana suspiró y luego dejó caer sus palabras sobre el vergonzoso fracaso de mi hermana:

—Yo también me largo. No ahora. Cuando no parezca que me voy con ella.

Era mi turno. El sueño había cambiado mucho y no entendía nada de lo que hablaban. Sospechaba que mi hermana prefería que yo dijese que me quedaba y que la del busto lo daba por descontado. También me dio que Rosana me tenía en muy poca consideración. Sólo vi una salida. Me puse en pie y proclamé con energía:

—Elijo irme. Ahora, como si me fuera tras ella. A buscarla.

Las cuatro se quedaron contemplándome, incrédulas, Rosana menos que las otras tres.

—Vaya pobre cretino —masculló mi hermana, apartando el rostro—. Y hasta creerás que ella lo está deseando.

—No es cuestión de creer, sino de hacer la prueba. Si sale que no, me rindo y vuelvo.

—Déjalo —intervino la del busto, resentida—. Él sabe lo que le falta. A lo mejor ella lo compadece y a eso lo llaman los dos ser feliz, pongamos por caso. Mucha suerte, muñeco.

Salí de la habitación y comencé a recorrer la vivienda. Sus dimensiones no tenían nada que ver con las de otras viviendas que yo hubiera visto, míseras hijas de la especulación inmobiliaria. Atravesé decenas de cuartos, pasillos, escalinatas, vestíbulos que daban a otros vestíbulos, sótanos, buhardillas. Aquello era un laberinto colosal que se expandía en todas direcciones, aunque puede ser ilustrativo reseñar que ninguna de sus partes era demasiado extensa, lo que impedía que uno tomara la más mínima perspectiva. Además, todo estaba bastante poco iluminado.

En una de las habitaciones, cuando ya llevaba acaso media hora de búsqueda, me sorprendió el ruido de algo que caía. Inspeccioné la sala y encontré un portarretratos tumbado en lo alto de un aparador. Poco más allá había un gato negro pequeño, apenas un cachorro. El animal estaba inmóvil y clavaba en mí sus ojos, no amarillos, como cabe suponerle a un gato negro, sino de un color violeta claro, casi lila. Como el vestido de la amiga de mi hermana, recordé.

Me acerqué despacio y extendí los brazos para cogerle. No se resistió. Al contrario: se acomodó sobre mí y me dio cuatro o cinco lametones en el dorso de la mano con su lengüecita rosa. Con el gato encima, continué mi investigación por la casa. Mientras yo examinaba las sucesivas estancias, siempre desiertas, el gato jugueteaba con mis dedos, sobre todo con el pulgar, cuyo tamaño debía resultarle especialmente apropiado. Al final de un corredor, tras un buen rato de silencio y de no tener más compañía que la del gato, me detuvo una voz femenina:

—Espera.

Me di la vuelta y reconocí a Rosana. Entre las sombras su lisa melena, casi blanca, la delataba al instante. Esperé. Pronto estuvo junto a mí.

—¿Qué es lo que llevas?

—Un cachorro. Estaba solo por ahí.

—Un gato negro.

—Eres supersticiosa.

—No. Déjamelo.

Se lo di y lo atrapó por el cuero de encima de la nuca. El animalillo quedó colgando de su mano como un ahorcado. Entonces se fue corriendo hasta una ventana, la abrió y lo arrojó con saña.

—Lo has matado —dije, atónito.

—No sé. Los gatos caen de pie, pero está alto. Es posible.

—No te había hecho nada.

—A mí no —admitió, señalando mi mano. Me la miré. Tenía el dedo pulgar ensangrentado y la piel desgarrada.

—No me dolía —me extrañé.

—Siempre duele luego, cuando no hay solución. ¿Era un gato lo que andabas buscando?

—¿Y tú?

—Estaba paseando solamente. Te vi y quise asegurarme. No te molesto más. Hasta luego.

Rosana aproximó su mejilla a la mía e hizo como que me daba un beso aséptico, de los que dan las amigas de una hermana. Sin embargo, a medio camino lo cambió por otro mucho más lascivo. Se separó un poco y aguardó mi reacción. Yo me quedé quieto.

—¿Me voy o no? —dijo.

—No tan rápido.

Repitió la maniobra varias veces, cada vez con más saliva. Sabía a fruta y sonreía como si estuviera haciendo una travesura. Traté de abrazarla, pero se me escurría siempre. Al fin pude sujetarla por los hombros. Los tenía suaves y tibios, blandos como si debajo no hubiera hueso.

—Me gustan tus hombros —confesé.

—Tu hermana te regañaría si te oyera. No le caigo bien. Y seguro que no aprueba esto.

Abrí su blusa y dejé que mis dedos se ocuparan de lo que había debajo. Rosana ya no ofrecía resistencia. Se observaba y me observaba, divertida.

—Eso que haces ahora lo aprobaría todavía menos.

Dudé un instante. Estaba mal. Lo que hacía estaba verdaderamente mal. Mi hermana poseía la vara de medir mis actos y aquello se salía de la medida. Rosana se reía de mi hermana y yo era su cómplice, si no su instigador. Rosana no tenía que ver con mi hermana, pero yo sí, aunque me pesase. Tuve un titubeo. Entonces ella, Rosana, lo resolvió. Fue a cerrar la puerta y se despojó totalmente de la blusa, mostrándome sin recato su delgado torso de muchacha. Mi hermana era un ser cautivo y triste. Rosana era alegre y libre. Sólo me quedó una reserva:

—Dime que lo quieres por mí, no contra mi hermana.

Rosana se echó a reír. Mientras soltaba su falda, aseguró:

—Qué gracioso eres. A mí me importa un bledo tu hermana.

Soy aproximadamente un caballero y nadie debe esperar que me extienda en detalles sobre lo que hubo en aquel cuarto entre Rosana y yo. Ella fue a la vez indulgente e incansable y yo todo lo inescrupuloso que hizo falta. Sólo describiré lo último que vi antes de despertarme: mi hermana estaba en el umbral, y su gesto era de horror; Rosana la saludó y siguió faenando con desparpajo, sin permitir que se le desprendiera del semblante su insensible júbilo infantil. Y el hombre, yo, vio que todo era bueno.

A las once en punto, mi viejo cuerpo, a duras penas repuesto de una ración extra de etílico y de un sueño con Rosana, estaba sentado en el banco que el día anterior había estipulado con ella. En el cerebro se me mezclaban los recuerdos, de la esquiva Rosana a la que había tratado por la tarde y de la túrbida muchacha que me había alegrado insospechadamente la noche. Rodeado de ancianos, mamás, niños y perritos, jugué a apostar contra mí mismo cuál de las dos se presentaría allí aquella mañana, si es que se presentaba alguna. Un apostador profesional no habría arriesgado jamás su dinero a que acudiera nadie a mi cita, y en caso de tener alguna razón imperiosa para aceptarlo, jamás habría previsto otra Rosana que la del día antes. Un apostador profesional, en suma, habría cumplido su destino, que no es ganar, como tampoco lo es el del médico curar a nadie. El destino del jugador profesional es que algún inconsciente se haga rico a su costa, mientras él no pasa de obtener moderadas ganancias. El del médico es que su ciencia sucumba ante uno cualquiera de los meticulosos agentes de la muerte. Y el mío, aunque quizá no tenga nada que ver con el de los jugadores o con el de los médicos, era una Rosana de impredecible turbidez.

Sin embargo, cuando llegaron las once y cuarto, momento que había ordenado a mi esclavo electrónico de pulsera que me indicara con uno de sus estúpidos pitiditos, yo seguía tan solo como el whisky al que debía los mazazos que me castigaban las sienes. Lo único que vale de un hombre, por lo menos de los que no poseemos ninguna desproporción moral o fisiológica respecto de los otros, es su palabra, y lo único que yo podía hacer cuando mi reloj me dio la hora era levantarme y retirarme con gallardía. De manera que eso fue lo que hice. Me ajusté la corbata (una distinta de la del día anterior pero más o menos del mismo estilo, que Rosana había alabado) y encaré el paseo en dirección a una de las salidas del parque.

Me dejó recorrer quince o veinte metros. Surgió de pronto, desde detrás de un árbol.

—Hola, poli.

Me paré para admirarla. Para la ocasión había escogido un atrevido atuendo deportivo, con unos pantalones elásticos hasta las rodillas y una camiseta de tirantes ajustada a todo lo que había por encima de su cintura, con los hombros descubiertos hasta un extremo casi intolerable. Llevaba el pelo recogido en una especie de moño, lo que la envejecía ligeramente.

—Me iba —dije.

—¿Tan pronto? No has esperado ni un minuto. Las mujeres llegamos tarde.

—Yo no espero a una mujer. Me lo prohíben mis creencias. Así que me voy —eché de nuevo a andar y me detuve—: Salvo que me supliques, claro.

Rosana me miró de reojo.

—¿Que te suplique? Vaya, ya veo de qué pie cojeas tú.

—¿De cuál?

—Fácil —se burló—. Del mismo que los que van a la verja del colegio a verles las bragas a las niñas.

—Si eso es lo que crees, hasta luego, Rosana. Eres muy mona pero no sabes por dónde te sopla el aire. A mí las bragas me importan un pito.

Entonces eché a andar con todo el propósito de no detenerme hasta que no recibiera alguna señal cierta de que ella se prestaba al juego. Era el momento crucial para el apostador y aquella malvada niña dirimió la incertidumbre de un solo martillazo:

—Mejor —gritó—. Yo no llevo.

Me paré en seco y pregunté, sin volverme:

—¿Qué?

—Bragas. No llevo bragas —y mientras yo me volvía, explicó—: Con estas mallas se me marcan todas. No hay nada más feo que ir por ahí enseñando que las bragas se te están metiendo en el culo.

Confieso que, como cualquier marrano indecente, consentí que mis ojos comprobaran en el punto más obvio de Rosana que lo que afirmaba era verdad. Y lo era de un modo notorio e inquietante.

—Cuidado, poli. Eso es correr mucho —advirtió, cruzando sus manos ante sí. No hará falta que exprese mi desconcierto. Era tan absoluto que Rosana debió sentirse obligada a echarme una mano.

—Acepto tu trato —dijo, acercándose.

—¿Qué trato?

—Te lo suplico. Que no te vayas. Así que ven y siéntate conmigo.

—No sé si mantengo el trato —procuré rehacerme—. Creo que estás confundiéndote con todo esto. Será que eres demasiado joven. ¿Qué edad tienes?

Rosana se puso muy coqueta para contestar:

—Hoy, quince. En enero, dieciséis. ¿Podrías ser mi padre?

—No. Cuando tú naciste yo no me relacionaba con mujeres. Las amaba.

—Hablas de una forma muy graciosa.

—Soy un poli muy gracioso. Por eso me ocupo de los niños delincuentes.

—¿Has cogido ya a Borja?

—No persigo a Borja. A mí me interesa el que le vende. Borja es un capullo y no tiene más remedio, con un padre que preside a los antiguos alumnos y que le da quince mil pelas los sábados. Si metieran en la cárcel a todos los capullos como él, o como su padre, no habría cárceles bastantes.

Rosana retrocedió hasta un banco y se sentó. Yo no me moví.

—¿De verdad no quieres sentarte conmigo? —me invitó—. Todos quieren venir conmigo, si les dejo. Soy muy popular.

—No me cabe duda. Eres la primera de la clase y la más guapa del colegio. Si tuvieras un montón de granos y el culo tan gordo que no te entraran las mallas serías menos popular. Aunque fueras la primera de la clase. Pero no es malo que te aproveches. Si no pudieras aprovecharte nadie iba a tenerte ninguna pena.

—Vamos —insistió, golpeando el banco con su mano blanca.

—No debería. Has llegado tarde. Si me siento creerás que daba igual que cumplieras o no con mis condiciones.

—Te prometo que no.

—Lo prometes. ¿Y qué te hace esperar que eso me sirva? Yo he mentido más de mil veces al prometer algo.

Sus labios, carnosos, de un tono una pizca más intenso que lo corriente, dibujaron una media luna triunfal.

—Llevo aquí desde las once menos diez. Detrás de ese árbol. No miento. Te he visto llegar a las once justas y poner la alarma del reloj.

—Vaya —asentí—. Te gusta tenderme trampas. Eres una chica retorcida. Como a mí me gustan las chicas.

Me senté junto a ella y mientras lo hacía tuve una idea muy necia y muy sentimental. A lo largo de mi vida amorosa, contra lo que habría pronosticado cuando tenía veinte años y todas se reían de mí, he podido acceder a los favores de algunas damas bastante potables. Pero nunca tuve la sensación de realizar el deseo, es decir, de que estuviera quieta y dócil a mi lado esa cosa que uno busca y se le ha escapado mil veces. Lo más que llegaba a experimentar era que le robaba a alguien su deseo, como cuando cayó Sabine, una potente alemana por la que suspiraba el que hasta aquel día había sido mi mejor amigo. Como sucedáneo, eso puede servir para remendar transitoriamente la vanidad. A la larga, no sirve para nada. Pues bien, cuando me vi allí sentado, componiendo un dúo del que la otra mitad era Rosana, que me acogía con su traviesa dulzura, se me antojó que el deseo realizado era por primera vez el mío, el que valía de veras y para siempre. Ya comprendo que resulta una chorrada inconmensurable. Hasta se me puso la carne de gallina.

Rosana se había quedado pensativa.

—A mí me dan cinco mil, los sábados —reveló de pronto—. ¿Piensas que mi padre también es un capullo?

Quizá porque me sentía vulnerable y enternecido, elegí ser brutal, olvidando que tenía delante a una niña que no había cumplido dieciséis años:

—Desde luego. Por cinco mil hay mujeres que tienen que chupársela a un borracho apestoso. Así nunca sabrás el valor de las cosas.

A Rosana le brillaron los ojos.

—¿Tu padre era pobre?

—Mi padre *es* pobre, si te parece que lo es el que tiene que trabajar y pagar impuestos hasta por la última cochina peseta que gana. A mí me lo parece, por lo menos.

—Así que tú eres socialista.

—¿Quién te ha dicho eso?

—Mi padre dice que los pobres son socialistas porque los socialistas les prometen que van a quitarle todo a la gente que no somos pobres.

—Vaya empanada que tiene tu padre.

—¿Qué eres entonces?

—Yo soy bolchevique —improvisé.

—¿Y qué quieren los bolcheviques?

—No vas a entenderlo.

Rosana frunció el ceño.

—Prueba. No soy tonta. Y he dado el siglo XX en Octavo.

—Los bolcheviques no somos del siglo XX, sino del XIX. Lo que queremos es fusilar a la gente como tu padre y después fusilar a los pobres, para que se enteren de que todos son unos sinvergüenzas y nadie merece que lo salven.

—Es una broma. Te estás riendo de mí.

—Claro que me río. Yo no soy nada, y lo que sea lo dejo si tú me lo pides.

—Estás loco, poli.

—Para nada. Tengo mi opinión sobre lo que vale la mierda que circula por la cabeza de la gente. Ni una lágrima tuya, preciosa.

Ella estaba desorientada, y yo buceaba en su límpida mirada azul con un poco más de entusiasmo del que le convenía mostrar a un tipo de treinta y tantos años por una niña de quince en un banco de un parque público. Esquivó mis ojos y se abrazó a una de sus piernas. Esto no era un detalle sin importancia. Por aquellas piernas habría sido capaz de ir a que me sermoneara mi dentista argentino, de depositar mis residuos de vidrio en un contenedor al efecto e incluso de colgarme al cinto un teléfono móvil.

—¿Eso es un cumplido? —interrogó.

—Yo no hago cumplidos. Me declaro o me largo.

Por un momento me pareció que se sonrojaba, pero debió de ser un espejismo. Se soltó el pelo y se quedó observándome con la barbilla apoyada en su delicado puño.

—Esta corbata de hoy no es tan bonita como la de ayer.

—Me la quito, si te molesta.

—Vale.

Me desanudé la corbata, la doblé y me la guardé en el bolsillo interior de la chaqueta.

—¿Mejor así?

—Sí. No eres tan mayor como creía. No tienes arrugas en el cuello.

—No tengo arrugas en ninguna parte. Sí tengo canas.

—Apenas se notan.

—Me da igual si se notan. Las dos cosas más ridículas que puede hacer un hombre son usar crecepelo y pintarse las canas. ¿Se pinta las canas tu padre?

—Mi padre es calvo como un huevo.

—Claro, debí imaginarlo. ¿Y a qué se dedica, tu padre?

—Es arquitecto.

—¿Y tu madre?

—Mi madre no es nada. Toca el piano y habla francés. Creo que eso es todo lo que sabe hacer.

—Tu madre tiene tiempo para aburrirse, Rosana. Nunca dejes de respetar a alguien que tiene tiempo para aburrirse. De ahí salen los sabios.

Rosana meneó la cabeza.

—Mi madre no. A veces ni siquiera la chica la toma en serio.

—Me cae bien, tu madre. Me cae mejor la gente que no tiene suerte.

—Yo tengo suerte.

—Contigo es distinto. ¿Tienes hermanos?

—Cinco. Todos son mayores que yo y están ya casados, con niños y todo. Menos Sonsoles. Ella es la mayor de todos, pero está soltera. Mi hermano Pablo dice que *se ha quedado* soltera. Ella se enfada, cuando lo dice.

En el tono de voz de Rosana había una indiferencia despiadada por Sonsoles. Escarbé un poco:

—¿Te llevas bien con tu hermana?

—¿Con Sonsoles? Es demasiado lista para llevarse bien con nadie. Ella nunca hace nada mal y todos los que la rodean son idiotas. Por lo que cuenta está todo el rato restregándoselo a los que trabajan con ella en el Ministerio. También se lo suelta a mi madre, y hasta a mi padre.

—¿Y a ti?

Rosana bajó la pierna que había subido al banco y estiró las dos ante sí. Comparándolas con los dos alambres resecos de Sonsoles costaba tragarse que fueran de la misma sangre. Maliciosamente, respondió:

—Sonsoles sabe que yo no soy idiota.

—¿Por algo en especial?

—Son secretos de hermanas.

—Nunca voy a contárselo. No la conozco, ni pienso.

Me miró fijamente, como si me estuviera haciendo una radiografía.

—Guardaré el secreto —me comprometí.

—Fue cuando yo acababa de cumplir trece años. Por esa época Sonsoles tenía un pretendiente. Un hombre con barriga y bigote. Me gusta que tú no tengas barriga, ni bigote. Creía que los policías llevaban todos bigote.

—Eso son los guardias civiles. Eran.

—Pues éste era abogado o algo así, pero lo llevaba. Vinieron los dos a la casa de Llanes, en verano. Un día yo estaba en mi cuarto, cambiándome después de la playa, y le vi en el jardín, espiándome. Ya me había desnudado y él ya me había visto, así que no me di prisa. Me vestí como si nada y fui a comer. En la mesa el tío estaba tan campante, llamando *prenda* a Sonsoles. Me tomé el primer plato y el segundo, sin abrir la boca. Cuando trajeron el postre, le solté a mi hermana que para otro verano se buscara un novio que no le tomara el pelo. Sonsoles primero no entendió y luego me mandó que me callara. Pero yo le dije que al del bigote le gustaban más jóvenes. Ahí Sonsoles empezó a cabrearse de verdad y mi padre me echó de la habitación, pero el tío ya estaba colorado y mientras me iba aproveché para aconsejarle que la próxima vez que quisiera ver cómo me cambiaba se escondiera mejor o me pidiera permiso. A la mañana siguiente el abogado se había ido y mi hermana me odiaba, pero ya nunca pensó que yo era idiota.

Según lo iba contando me lo imaginaba todo: el abogado sudoroso oculto entre la vegetación, con las piernas peludas flexionadas bajo su grotesca pancita; Rosana vistiéndose despacio y fingiendo no darse cuenta; Sonsoles primero haciendo ñoñerías y luego puesta en evidencia por el onanismo pringoso de su príncipe gris.

Aquella criatura que sus padres le habían dado en mala hora por hermana había resultado su peor enemiga, una afrenta andante con la que pagaba por todas sus faltas. Era una perfecta canallada del destino: obligarla a convivir con una niña que poseía exactamente lo que a ella le había sido negado, la capacidad de encantar a otros. Me representaba sus esfuerzos por no revelar cuánto la aborrecía, yendo a recogerla al colegio, llevándola de tiendas, proponiéndole confidencias o complicidades. Por primera vez le tuve lástima, a la zorra de Sonsoles.

—Una bonita historia —observé—. Sobre todo para el cerdo del bigote. Debió pasarlo bomba entre los arbustos.

—No creas. Entonces yo era una niña. Tampoco era para tanto.

—¿Era?

—Ahora me sienta mucho mejor el biquini.

—No me importaría verlo.

Sonrió. Tenía una sonrisa que tiraba de espaldas, con hoyitos y unos dientes de sacarles el molde.

—Eso es lo que me gusta de ti.

—¿El qué?

—Que no te escondes en el jardín, como el del bigote. Tú me habrías pedido permiso para mirar, con toda la cara.

—Los bolcheviques no podemos escondernos. Nos lo prohíben nuestras creencias. Lo que no es no es y lo que es sólo es a tumba abierta.

—¿Quieres verme en biquini?

—Ya te lo he dicho.

—Llévame a la piscina.

—¿Ahora?

—Esta tarde. Voy siempre los sábados, con mis amigas. Mis padres no tienen que enterarse de que me voy contigo, y si vamos a otra piscina mis amigas tampoco se enterarán.

—Hace años que no voy a una piscina en Madrid. No sé ni dónde hay.

—Puedes averiguarlo. Para eso eres poli.

Había algo raro en la forma en que lo había dicho, y hubo algo todavía más raro en el modo en que llegué a la conclusión de que yo tenía que decirle a ella lo que a continuación le dije:

—Si voy a llevarte a la piscina, más vale que te cuente algo.

—Qué.

—No soy poli.

—Ya me lo figuraba.

—Tampoco soy un maníaco.

—Ajá.

—Es como si te diera igual.

—Claro que no. ¿Cómo te llamas? De verdad.

—Jaime —mentí.

—Me va menos que Javier. Pero tú me vas más que el poli. ¿Me llevas a la piscina o no?

—Sí, si quieres —sucumbí.

—Quiero. Recógeme aquí mismo, a las cuatro y media. Ahora me voy a sudar un poco. Se supone que he venido a correr. Chao.

Salió corriendo, con la cabellera al aire, y yo me quedé devanando algo confuso sobre Dante y Beatriz y el cielo y el infierno y la jodida seguridad de que no habría mayor dolor que acordarse del tiempo feliz en la desgracia.

Ir a la piscina siempre me recuerda mi infancia. Y eso no es precisamente afirmar que ir a la piscina me alegre. Contra lo que miles de pazguatos sostienen (supongo que por afán de amortizar el esfuerzo físico y psíquico que supone tener hijos y criarlos), los niños habitan un mundo incivilizado y moralmente inferior. Entre los niños reina el abuso, la violencia y la crueldad gratuita. Una de las pocas cosas que celebro de ser adulto es que no tengo que estar todo el rato temiendo que los que son más altos que yo decidan tumbarme boca abajo y retorcerme el brazo hasta hacerme llorar. Puede pasar excepcionalmente, desde luego, pero en el patio de un colegio lo excepcional es que no pase. En el patio de un colegio siempre reina el más bestia, y los demás, entre los que puede haber espíritus elevados y precoces talentos, deben resignarse a cumplir su burda voluntad o ser martirizados, e incluso a ser martirizados aun habiendo cumplido su voluntad, dependiendo de la mala leche que tenga el animal de turno. En la infancia impera cuanto de grosero y brutal hay en el ser humano.

Cuando yo era un niño y estaba rodeado de niños, abominaba del ser humano y lamentaba haber ido a caer entre los miembros de aquella especie tan dañina y primitiva. Ahora no es que me considere un filántropo, pero los canallas adultos, que son los que han pasado a componer mi paisaje, a veces ofrecen la contrapartida de exhibir un cierto mérito intelectual. Aun a riesgo de equivocarme, prefiero a Lorenzo de Médicis mucho antes que a un cabestro con los faldones de la camisa sueltos, los cordones desabrochados y la cara sucia que se golpea el pecho en medio de un corro de chiquillos intimidados.

Que la infancia es un estado reñido con la inteligencia, la sensibilidad y todos los demás atributos que diferencian al hombre de otros primates, tuve ocasión de experimentarlo con contundencia a raíz de la única vez en que estuve a punto de creer lo contrario. Cuando tenía siete u ocho años, di en conseguir que el más borrico de mi colegio, un individuo que era capaz de pelearse con ocho a la vez y vencerles, obedeciera ciegamente las instrucciones que yo le daba. Por un tiempo, viví el espejismo de asistir a la sumisión de la fuerza bruta al designio de un cerebro superior. Así, mi círculo, en el que los estériles entretenimientos en que se ocupaba la mayoría estaban desterrados en beneficio del ejercicio de diversas industrias (como la preparación de explosivos, la construcción de ciudades en miniatura o los concursos de narraciones fantásticas), podía dedicarse a ellas sin perder el tiempo en guerrear contra los demás. Cuando alguien trataba de molestarnos, les soltaba a Lisardo (así se llamaba mi imbatible siervo), que daba cuenta de los importunos a hostia limpia, rompiendo narices, descalabrando cabezas y saltando dientes como una auténtica máquina. Mi grado de dominio sobre él era tan grande que después de cada escaramuza Lisardo cantaba una tonada de mi invención en la que se combinaban su nombre y sus apellidos con la palabra *pilila*, con grotescos resultados que el propio Lisardo era el primero en celebrar ruidosamente.

Pues bien, un día que Lisardo andaba un poco hosco, tuve la desdichada ocurrencia de someter mi poder sobre él a una prueba de la que no salió con bien, y que me persuadió de pasar el resto de mi infancia cuidándome de los tipos altos. No nos había atacado nadie y por tanto no había ningún motivo para que Lisardo cantara su canción. Pero yo, para impresionar a los otros, le mandé que la cantara. Lisardo parecía reacio. Para animarle, empecé a cantar yo. El gigante me observó y yo adiviné, demasiado tarde, que algo sucedía, quizá por primera vez, detrás de su frente. Sin mediar palabra, se vino hacia mí, me levantó en vilo y me dio una paliza acojonante allí mismo, delante de todos. La paliza todavía me duele, y mi hasta entonces sólido prestigio, en gran medida asentado en mi ascendiente sobre Lisardo, quedó totalmente deteriorado. Desde entonces, nunca más he creído que un niño reconozca otra autoridad que la de los golpes de quien arrea más fuerte de lo que él arrea. Lo demás es perder el tiempo.

Otro fenómeno que me aleja de las piscinas es que en ellas reinan los cabezahuecas que están bronceados y hacen mortales al saltar del trampolín. Yo nunca he estado moreno y siempre me he resistido a aceptar que lo mejor que uno puede hacer con su cráneo sea arriesgarse a desintegrarlo contra un filo o un bordillo. De modo que las piscinas nunca han sido lugares donde yo tuviera el menor éxito. A decir verdad, mi vida en las piscinas ha constado sobre todo de silencio y soledad. Una de las pocas formas que tenía de soportar el paso del tiempo en la piscina era leer, otra nadar y la última darme paseos de reconocimiento. Aunque hay gente para todo, esas tres cosas yo las hago mejor callado y sin compañía.

La piscina era el lugar donde las tías buenas estaban más buenas: el problema era que también estaban siempre pendientes de los reyes del trampolín y ni siquiera veían a los sujetos blancuzcos como yo. Eso desarrollaba mi imaginación e intrincaba mi alma, lo que a la larga no desagradezco, como creo haber escrito ya aquí mismo, pero todo era a costa de una cierta tristeza de la que entonces no disfrutaba mucho. Cuando me hartaba del libro (lo que ocurría con frecuencia porque la piscina es un lugar incómodo para leer), y me hartaba de nadar (lo que era aún más fácil porque nadar cansa físicamente) y me hartaba de pasear (borracho de tanto cuerpo bronceado que iría a caer entre las gimnásticas caricias de los saltadores de trampolín), ya no me quedaba ningún sitio donde esconderme. Entonces me sentaba en el bordillo de la piscina y normalmente atardecía, y el atardecer era una especie tibia de humillación.

Por todo esto, y por otras razones que no conviene o no podría precisar, aquel sábado al pensar en la posibilidad de ir con Rosana a una piscina sentía una mezcla de curiosidad y desasosiego. Curiosidad por no estar en una piscina solo y depauperado, sino con Rosana. Superada mi infancia he estado alguna vez en una piscina con alguien, pero nunca con alguien como ella, en quien podía identificar, aunque no estuviera tan tostada como su hermana Sonsoles, a las muchachas que en aquellos tiernos tiempos me ignoraban. El desasosiego me venía por regresar a aquel mundo que me había sido siempre hostil, donde habría trampolines y todos tendrían la tez menos pálida que yo. Uno puede haber meditado mucho, haberse esforzado por asumir la propia diferencia y hasta por convertirla en un orgullo. En realidad, quién no procura salvarse de su tara convirtiéndola en insignia. Todo eso está bien, pero a veces, cuando uno anda desprevenido, viene la oscura conciencia que uno de los débiles más implacables que ha dado la historia, ese checo desgarbado llamado Franz Kafka, dio en simbolizar en un pobre tipo que una mañana se vuelve escarabajo y es repudiado por su familia, que se va de excursión cuando al fin el escarabajo muere. Como es sabido, dos de las cosas que más fervientemente desea el bípedo sin plumas son que nadie le repudie y que después de morirse nadie pueda hacer excursiones.

A las cuatro y media, minuto arriba o abajo, llegué al banco del parque donde nos habíamos citado para comprobar que Rosana ya me estaba esperando con su bolsa de piscina y su hermosa carita intranquilizante. Llevaba un vestido estampado, corto, de ésos a los que la cintura les empieza muy arriba, justo después del abombamiento previsto para el pecho. Cuando se levantó del banco, antes de que yo estuviera junto a ella, me di cuenta exactamente de lo corto que era, al ver por primera vez sus piernas desnudas hasta más allá de la mitad del muslo. Era, un poco más joven y mucho más fascinante, la chica de los folletos de vacaciones que uno nunca se encuentra cuando consiente en viajar a un sitio de playa, en el que siempre abundan otro tipo de oportunidades menos lucidas, tanto más abundantes y menos lucidas cuanto más cerca se está del fin de mes o de quincena. No es que en la vida sólo importe tener tratos con hembras vistosas, pero sí ocurre que cuando uno tiene tratos con una hembra vistosa tiende a admitir con más soltura que la vida le concierne. Es una bajeza ineludible, genética o bioquímica, de la que no hay que sentirse personalmente responsable.

—¿Has decidido a qué piscina iremos? —fue la acuciante salutación de Rosana, mientras oscilaba a un lado y a otro usando como eje su cintura.

—He estado mirando. Hay una cerca de la Ciudad Universitaria. Creo que fui alguna vez, cuando estaba en la facultad. Está lejos. No creo que vayan tus amigas.

—¿A qué facultad fuiste?

—Filosofía.

—¿Eres filósofo?

—No. Justo lo contrario. Trabajo en un banco.

—Qué bien, todo el día rodeado de pasta.

—Yo no veo la pasta. La sumo, la multiplico y la divido. Eso es todo lo que hago, ahora, aunque una vez hice una tesis sobre Leibniz.

—¿Sobre quién?

—Nadie. Es mucho menos importante que James Dean, por ejemplo. Si algún día te hablan de Leibniz, olvídalo. No te servirá de nada conocerle. A mí no me sirvió. ¿Vamos?

Atravesamos el parque y fuimos a recoger el coche de mi prima. Hasta el miércoles siguiente debía solventar con él mis necesidades de transporte, de acuerdo con la estimación aleatoria que, un tanto molesto por mis exigencias, había tenido a bien concederme el mastuerzo que dirigía el taller donde había dejado mi vehículo. Un sujeto que, por lo visto y oído durante nuestro coloquio, no necesitaba conocer a Leibniz, ni a James Dean, ni siquiera la elasticidad respecto del factor *atención al cliente* de la curva de demanda de servicios de reparación de automóviles.

—Qué coche más pequeño tienes —juzgó Rosana.

Estuve a punto de decir que no era mío, que el mío tenía dieciséis válvulas y ABS y llantas de aleación, accesorios hoy incluidos en cualquier coche normal, como de hecho era el mío, pero no en el de mi prima. Parece mentira lo imbécil que uno se vuelve con varias tarjetas de crédito en el bolsillo, me dije, y contesté:

—Hay gente que sólo tiene grande el coche. Yo no voy por ahí.

Rosana se acomodó en el asiento del copiloto y bajó resignadamente la ventanilla manual. No protestó por eso, ni por la falta de aire acondicionado o de un estéreo aparente. Después de todo era un ángel.

Atravesamos Madrid, afortunadamente desierto. Mientras subíamos y después bajábamos por la Gran Vía, Rosana me siguió revelando facetas de su familia, a propósito del hecho de que la piscina estuviera en la Ciudad Universitaria.

—Mis hermanos han ido todos a la universidad. Todos los chicos son ingenieros de algo. Leticia es médico y Sonsoles hizo Derecho. Pero no es abogada, porque sacó la oposición. Sonsoles era la mejor estudiante. Todo matrículas.

—Derecho está enfrente de mi facultad —le informé—. Conocí a algunas chicas que debían ser como tu hermana. Hacían los apuntes con letra muy redonda y los subrayaban con rotuladores de colores. Eran capaces de sujetar en la misma mano diez rotuladores de colores a la vez. Se lo sabían todo de memoria y no habrían sabido responder en qué se diferencia un estupro de un arrendamiento.

—¿En qué se diferencian?

Yo había repetido la frase de un antiguo amigo que hacía Derecho, sin pensar lo que estaba diciendo y mucho menos que estaba diciendo *estupro*. Cuando menos, se trataba de un término inoportuno en aquella situación. Sin embargo, decidí tirar adelante, como si nada, confiando en que Rosana no supiera qué significaba y tampoco le diera por intentar averiguarlo. Completé el chiste como lo hacía mi antiguo amigo:

—En el estupro usas la astucia. En el arrendamiento pagas.

Rosana se quedó pensando y eso no me gustó. Al fin, me ofreció la conclusión a que había llegado:

—El fallo aquí es que yo soy mucho más astuta que tú. Tendrás que pagarme algo.

Sólo me cabía seguirle el juego:

—No puedo pagar mucho.

—Te haré un descuento. O mejor te obligaré a que robes el banco. Las mujeres malas siempre obligan a los hombres honrados a robar bancos, o el dinero de la nómina. Los hombres honrados se hunden y las mujeres malas se largan con golfos guapos que las apalean.

—¿Dónde has aprendido tantas cosas que no

son de tu edad? No me puedo creer que sólo en la tele.

—Escucho cuando hablan, y leo algún libro. Es fácil enterarse de lo que no quieren que sepas. Leí la *Gran Enciclopedia de la Vida Conyugal* con diez años. Me llamó la atención que estuviera en lo más alto de la estantería. Subí una silla encima de otra y descubrí por qué. Todo me daba mucho asco hasta que un día me acordé de las fotos y de repente ya no me dio tanto. También sé dónde guarda mi padre el dinero negro. Primero tuve que aprender que no era dinero pintado con tinta, sino una especie de dinero ilegal que papá saca de las obras. ¿No me vas a preguntar dónde está?

—A mí el dinero de tu padre ni me va ni me viene. Ni el negro ni el blanco. Lo siento si te defrauda. A lo mejor creías que era un ladrón.

—No me parecía. Pero por si acaso —rió Rosana.

Había previsto que Rosana pagaría una entrada reducida, no por avaricia, sino por algún escrúpulo tardío. Pero de catorce años para arriba todos los gatos eran pardos, o sea, costaban quinientas. Era una tontería y daba lo mismo si yo me consolaba o no, porque el que le doblara de sobra la edad a aquella cría o lo veía bien Dios y no había de qué preocuparse o lo veía mal y entonces ya podía conseguir dispensa del papa que estaba frito. Pero me consoló que al menos tuviera edad para no recibir bonificación en la piscina.

Después de la taquilla nos separamos. Rosana pasó al vestuario femenino y yo al propio de mi sexo, donde siempre huele a pies y a sudor rancio, dos de las muchas secuelas indeseables del deporte y de la falta de higiene. Yo llevaba el bañador debajo del pantalón y atravesé por el repulsivo lugar sin detenerme, esquivando los charcos que salpicaban el pavimento. Al otro lado estaban las praderas, moderadamente concurridas. Esperé unos diez minutos y entonces apareció Rosana, en biquini.

En mi mezquina existencia ha habido varios momentos culminantes. El de mi infancia fue un día de Reyes, cuando me regalaron a la vez el Mádelman pirata negro y el Mádelman buzo. El de mi adolescencia, cuando terminé el examen de Biología en el Bachillerato y quemamos todos los libros y todos los apuntes junto con una efigie del profesor. El del resto de mis días fue cuando Rosana surgió aquella tarde ante mis ojos, como de una concha que a su vez acabara de elevarse sobre las aguas. Era más que nunca la Venus de Botticelli, con menos carnes porque cuando Botticelli las venus no tomaban yogur desnatado, sino cachos de tocino y la demás mierda que había. A duras penas recuerdo que el biquini era rosa y que pensé que no había hecho nada para ganarla. Yo siempre he sido de la opinión de que lo que uno no se merece es lo mejor y lo más valioso de todo. Lo que uno se merece está demasiado impregnado de uno mismo y no sirve para nada.

—¿Qué tal? —tintineó su cristalina voz.

—¿Digo lo que siento?

—Para eso lo hago.

—Entiendo al novio de tu hermana. Pero eso ya lo sabes. ¿Te suena un individuo que se llamaba Botticelli?

—No. ¿Debería?

—No necesariamente. En otra vida le obligaste a dibujarte siempre en sus cuadros. Pero si te acuerdas de todos los que te quieran no te va a quedar sitio para tus asuntos.

—Me lo voy a creer.

—Ya te lo crees, y haces bien. Algún día estarás menos linda y tendrás un cáncer y ya no podrás creerte nada de lo que nadie te diga.

—Qué siniestro.

—*Carpe diem*. Si lo pone Garcilaso de la Vega en versión lila a todo el mundo le parece bonito. Si lo cuentas como es, te llaman siniestro.

—Di a Garcilaso en Octavo.

—Todo lo has dado en Octavo.

—No todo.

—No seguiré preguntando. ¿Sombra o sol? Yo odio el sol.

—Me da lo mismo. No he venido a ponerme morena.

Buscamos un lugar debajo de un árbol. Rosana extendió su toalla y luego se extendió ella misma. Yo me despojé del pantalón pero no de la camiseta y me senté sobre una toalla doblada.

—¿Te bañas con camiseta? —inquirió.

—No creo que me bañe. Las piscinas están llenas de meados y de hongos.

—Oye, ¿a ti te gusta algo?

—Me gusta el patinaje artístico y la gimnasia rítmica. Verlos, no hacerlos. También me gusta dormir profundamente, cuando me sale. Y me gustas tú.

—Gracias. Tú también me gustas a mí. Será porque no eres como Borja.

—Será. Pero hay otras posibilidades. ¿Nunca has visto a uno de esos que lo tienen todo cuadrado y llevan reloj de submarinista y el pelo pegado y polo Burberrys color menta?

—Nacho, el marido de Leticia. También hace paracaidismo. Siempre se mira en los espejos cuando pasa al lado.

—¿Y?

—Es un gilipollas.

—Se supone que no deberías decir esas cosas.

—Se supone que no debería venir a la piscina con un desconocido tan mayor y al que le gusto tanto —se revolvió perezosamente Rosana.

—Desde luego que no. No era por corregirte, sino porque me sorprende. En realidad lo prefiero así. Las niñas buenas son insufribles.

—Todo el mundo cree que yo soy una niña buena. En el colegio me dan premios de conducta.

—Todos los maestros están mentalmente atrofiados. De tanto tratar con gente que sabe menos, se quedan en las cuatro reglas, y cuando sus alumnos empiezan a saber más que ellos ni siquiera lo notan. El colegio debe resultarte una pérdida de tiempo.

—Tengo que estudiar. Quiero hacer una carrera.

—¿Qué carrera?

—Empresariales.

—Demasiado largo. Si me aceptas un consejo, ahórrate los problemas de matemáticas y los exámenes y los apuntes y hazte modelo, tú que puedes. Cuando tus amigas sigan subrayando tú ya eres millonaria. Y luego contrata a alguien que especule por tu cuenta, estudia las carreras que te dé la gana y ríete de los que alquilan su cabeza por horas.

—¿Como tú?

—Yo alquilaba la cabeza. Ahora ya no sé lo que alquilo, ni lo pienso.

Rosana se incorporó. Se colocó de costado, con la cabeza apoyada en el antebrazo, como en un anuncio de bañadores. No protesté por eso.

—Por la corbata que llevabas —dijo— tú debes de ser un ejecutivo. No entiendo cómo no estás contento.

—¿Tengo que estarlo?

—Todos quieren ser ejecutivos. Viajar, tener una secretaria guapa, trajes caros, ganar mucho dinero.

Cerré los ojos. Resultaba que liaba a una menor, me la llevaba de su barrio, conseguía que se quitara casi toda la ropa, y en lugar de abusar de ella o de cometer cualquier otra acción execrable que me permitiera desahogarme, ya que hacía el gasto, ahí estaba rodeado de familias hablándole de mis quehaceres. Tenía que atajarlo, como fuera.

—Verás, Rosana —comencé a explicar—, no sé qué bobadas te cuenta tu padre, o quien sea que te haya metido eso en la cabeza. En mi experiencia, lo de viajar es subir a un avión para ir a una ciudad en la que siempre llueve o hace frío. En el avión de ida hay tipos con caspa y en el de vuelta tipos con caspa y resudados. A veces hay que dormir allí, en la ciudad donde llueve, y pasas tres veces por los cuarenta canales por satélite que hay en la tele hasta que apagas la luz y te cagas en la perra que parió todo. Los trajes caros están bien al principio. Hacen ilusión, lo reconozco. Y si vas a una madriguera de ejecutivos como tú los llamas verás que todos los jóvenes llevan ropa nueva y bien planchada. Casi todos viven todavía con mamá y gozan de sus cuidados o de los de la chacha de mamá, dependiendo. Pero si te fijas en los que tienen algunas canas, que ya están abandonados a su suerte, o sea, a su mujer o a su chacha, que tienen menos arte y muchas menos ganas que mamá o la chacha de mamá, verás que llevan los trajes arrugados y llenos de brillos, los pantalones con siete rayas y las corbatas con lámparas. No sirve de nada comprar otros trajes nuevos. Antes de darse cuenta, ponle seis meses, están para el arrastre, y ya deja de importar, como todo. Si es por el dinero, sólo tiene verdaderamente mucho el que no aguanta tonterías ni problemas de otros, a no ser que le diviertan. Eso y trabajar son cosas incompatibles. Y no hay secretaria guapa que dure más de diez lunes seguidos. La mía, por no durar, no duró ni uno.

Tiene sesenta años y se parece una barbaridad a Edward G. Robinson.

—¿A quién?

—Un actor. Yanqui. De hace mil años.

Rosana reflexionó, no mucho.

—Pues a mí me gustaría ser ejecutiva —porfió.

—Te saldrán ojeras, se te alborotará la menstruación y no podrás evitar que tus jefes se interesen más por tu culo que por tus ideas. Casi nunca hay tiempo para sopesar una idea, pero un culo se sopesa rápido. La ventaja de ser modelo es que te ganas la vida con el culo por derecho, sin montar ninguna farsa.

—Eres un machista asqueroso.

—Soy observador, nada más. ¿Por qué no hablamos de ti? Cuando me acuerdo de la gente del trabajo me duele la cabeza.

Rosana se puso en pie casi de un salto.

—Voy a bañarme. ¿Vienes?

—¿Así de golpe?

—Tengo calor. ¿Vienes o no?

—A verte sólo.

Fuimos hasta la piscina y Rosana se arrojó directamente, describiendo un académico picado. Nadaba a *crawl* a la perfección, y eso me dio algo de envidia, porque yo he nadado miles de kilómetros, pero a *crawl* habré nadado un par de largos en toda mi vida, primero porque me cansaba y luego porque me entraba agua en el oído. Al principio esperé de pie. Cuando dobló para hacer el sexto largo se me ocurrió que más me valía buscar sombra y sentarme. Se hizo más de treinta, sin parar ni aflojar el ritmo que se impuso desde el principio. Al fin salió del agua y se encaminó hacia mí. Mojada, con los músculos tensos por el esfuerzo, el cuerpo se le volvía más abrupto. En la cara traía, para compensarlo, su infatigable sonrisa infantil.

—¿De verdad no te animas?

—Luego.

—¿Sí?

Viéndola ir y venir, en aquella tarde de verano tibia como todas las tardes de verano en que había fracasado antes, había empezado a darle vueltas a una extravagancia. La terminé de decidir allí mismo, para Rosana y para darme la sensación de romper algo:

—Cuando vengamos luego me subo a lo más alto del trampolín y me tiro.

—Ese trampolín es un rato grande.

—Si me abro la cabeza contra el fondo de la piscina te largas con disimulo. Coges un autobús y no le cuentas nada a nadie. Ya se encargarán de enterrarme, no pases apuro por eso.

—No quiero que saltes, Jaime.

Rosana parecía verdaderamente preocupada. Volvimos donde teníamos las cosas y apenas habló durante la media hora siguiente. El sol iba bajando y alguna gente, la que había venido por la mañana, se retiraba. Antes de que se enfriara mi resolución, me quité la camiseta y le sugerí a Rosana que fuéramos de nuevo a la piscina.

—No saltes, en serio —insistió.

—No pasa nada. He saltado mucho.

Cinco minutos más tarde estaba a más de cinco metros sobre el agua, repasando mi vida. La tarde era agradable, corría una brisilla fresca y abajo en la piscina casi no había bañistas. Volví a reflexionar sobre la velocidad a la que entraría en el agua, la capacidad de frenado de la masa líquida y la profundidad de la vasija. La habilidad del saltador era en mi caso un dato irrelevante. Rosana estaba en el borde, esperando. Vi que alguien se acercaba a ella por detrás y le hablaba. Un niñato con la melena a lo Richard Gere y aproximadamente su misma complexión. Rosana se volvió hacia él y en ese momento alguien en mi cabeza gritó *banzai* y me encontré volando recto hacia el fondo del abismo. Apenas tuve tiempo para enderezar el cuerpo y juntar firmemente las piernas. Un gilipollas que se mata en un trampolín es patético, pero un gilipollas que se mata en un trampolín y encima cae despatarrado rebasa lo grotesco.

El agua me dio en la cabeza como si me hubiera tirado contra un toldo. Después el toldo se rompió y bajé y bajé en medio de un torbellino burbujeante. No me resistía, y hasta me parecía indigno resistirme, pero de pronto mi cuello se dobló hacia arriba como un resorte y algo me rozó la rodilla y me abrasó el dedo gordo del pie izquierdo. Me había salvado y sólo podía subir. No tengo paciencia suficiente para suicidarme por inmersión.

El ascenso se me hizo interminable, aunque habría podido durar siglos, que es lo que me habría podido durar el aire que llevaba en los pulmones. Cuando asomé la cabeza no vi nada. Volví a sumergirme y buceé hasta la escalerilla. Apoyé los pies, eché los brazos a las barandillas y me elevé con fuerza al tiempo que salía del agua. Arriba, iluminando el ocaso con sus ojos azules, estaba Rosana.

—Eres un mentiroso. Era la primera vez que hacías eso —me regañó.

—¿Cómo lo adivinaste?

—Nadie que sepa pica así. Estás loco.

Rosana tendió hacia mí su mano y me apartó el flequillo mojado de la frente. No dijo nada, sólo me miró y yo vi que sus pupilas eran todo lo grandes que nunca habían sido las pupilas de una muchacha que me mirara al borde de una piscina al atardecer. Quizá habría debido censurarme por haber saltado de un trampolín o censurar a Rosana por impresionarse, pero preferí interpretar algo diferente, que a ella le había impresionado no que saltara, sino que lo hiciera sin saber.

Cuando la felicidad es demasiado grande, cuando a uno le curan de una herida demasiado mala, cuando todo es demasiado bonito, sólo hay un presentimiento que un hombre sensato pueda tener: algo está a punto de joderse. Eso presentí yo en aquel momento, mientras Rosana me quería y yo podía percatarme, y así me sumí en la melancolía de la que ya no he salido desde entonces.

Cuando salimos del aparcamiento de la piscina en el coche de mi prima no tenía otra sensación que la de haber dejado atrás lo que quiera que fuera que justificaba aquella tarde. Una de las pocas formas de vivir es pensar en algo que nos va a pasar y que nos apetece. Cuando ese algo pasa, y uno siempre se da cuenta aunque no tuviera muy claro qué era lo que pensaba que pasaría, todo el tinglado se desmorona. Como sabe cualquiera que no se haya adherido aún a la costumbre moderna de no reflexionar sobre lo fundamental, el asunto no está tanto en que ese porvenir apetecible venga como en que no haya venido y todavía pueda venir.

Mientras aceleraba con el pie bueno y desembragaba con el pie malo, el que me había desollado contra el fondo de la piscina, razoné que no tenía otra alternativa que devolver a Rosana a sus padres y olvidarme de aquel juego. Después de escarbar entre mis peores inclinaciones, comprendía que me faltaba resolución para ir más allá del punto al que había llegado. En parte me frenaba el escrúpulo. Tenía compañeros con hijas de la edad de Rosana y algunos eran tipos a los que respetaba, más o menos. Ellos me habrían despreciado por mi conducta, y a mí no me daba igual que me faltasen argumentos de peso para defenderme de un desprecio así. Rosana no parecía desde luego una niña indefensa, pero eso podía ser sólo una apreciación torcida por mi parte. Y aunque yo necesitaba ajustar cuentas con las muchachas de quince años, tal necesidad era una anomalía y no cabía esperar que nadie la entendiese.

También tenía miedo de las consecuencias prácticas. Por supuesto me espantaban las que habrían de seguirse de la peor de las situaciones posibles, la de ser descubierto y tener que responder de mis cochinadas ante la justicia. Pero también me horrorizaba un desenlace menos grave y harto previsible: que Rosana se convirtiera de pronto en una mujer dentro de su cuerpo adolescente y dejara de ser simpática y hasta guapa y empezara a juzgarme. De una mujer de verdad uno puede librarse por diversos procedimientos generalmente admitidos y sencillos de poner en práctica. Muchos de esos métodos hasta son compatibles con la convivencia. Por el contrario, de una mujer niña, con la que además se mantiene una relación indecente, no hay manera segura ni fácil de librarse.

Estaba a punto de formular en voz alta, y en términos un poco más heroicos, mi decisión de renunciar a vernos más, cuando Rosana tuvo aquella idea que nunca habría debido tener:

—Vamos a un sitio donde no haya nadie.

Lo lógico habría sido que yo no me plegara a aquel capricho. En algún momento había que pararla y aquél era tan bueno como cualquiera. Sin embargo, elegí calcular que hacerle caso podía servirme para ganar tiempo y buscar un modo astuto de convencerla.

—Claro, como tú mandes. ¿Tienes alguna preferencia? —pregunté.

—Por aquí mismo. Donde conozcas.

Hice memoria y se me ocurrió el descampado que hay al lado de la Universidad a Distancia. Cuando estaba en la facultad iba con frecuencia. Había ido antes con chicas. Incluso había roto con una novia allí, por si valía el precedente. Una vez que llegamos maniobré hasta un lugar apartado, bajo unos árboles. Quité el contacto y sentí la obligación de ser el primero que hablase:

—Rosana.

—Qué.

—Verás —titubeé—, a veces uno no hace exactamente lo que le gusta.

—Ya.

—Quiero decir que por mucho que uno quiera algo, a veces hay que dejarlo.

—Una lástima.

—Muchas cosas se empiezan como de broma, y mientras dura la broma no pasa nada. El caso es que no se puede estar siempre de broma. Al final las cosas se hacen serias y hay que tener más cuidado.

—Creí que ibas a besarme.

—¿Cómo?

Rosana se acercó. Se había puesto voluptuosa y me costaba hacerme a verla así.

—Siento reconocer que no vas a ser el primero —dijo, y fue como si envejeciera de golpe veinte años—. Ni en eso ni en lo demás.

—Ya veo que es inútil que trate de explicártelo —me revolví—. No voy a ser nada, contigo. Nos vamos.

No juro que habría mantenido mi palabra si hubiera tenido que enfrentarme por más tiempo a sus incitaciones. Pero no hubo más tiempo. Antes de que mi mano tocara la llave para poner el contacto, las puertas del coche se abrieron y alguien me levantó del asiento como si yo fuera poco más que un osito de peluche relleno de gomaespuma.

A veces, por fortuna son pocas en la vida, uno mira alrededor y se da cuenta de que el infierno, la cólera de Dios y la perra suerte son cosas que existen y no sólo pueden tocarte, sino que van y te tocan. En el cine a menudo se representa el Mal como algo más o menos monstruoso que te aplasta con piadosa rapidez. En la realidad el Mal es humano y más lento. Aquella tarde, por ejemplo, venía disfrazado de tres sujetos que apenas pasaban de veinte años: uno llevaba la cabeza rapada y medía dos metros, otro tenía el pelo largo y desgreñado y lucía una enorme muñequera con tachuelas, y el último, el que parecía mandar allí, carecía de cualquier singularidad capilar y calzaba botas militares.

El que me había sacado del coche era el cabeza

rapada. Después de alzarme en vilo me puso sobre el suelo y aseguró mi inmovilidad retorciéndome el brazo y apretándome el cuello con su antebrazo, que era algo más grueso que mi tronco y unas treinta veces más duro. Por un estúpido instante, lo único que se me ocurrió fue que no había previsto que el regreso a mi infancia que había temido al prestarme a ir a la piscina con Rosana fuera tan completo. Luego pasé a asustarme, sin paliativos. A Rosana la había cogido el de las greñas, que le mantenía tapada la boca. Hacía falta, porque ella trataba de gritar. El de las botas me conminó:

—Jefe, dile a la puti que se calle o Yoni le parte la cabeza.

—Tranquila, Rosana, no va a pasar nada —tartamudeé penosamente.

—Eso, Rosana, no pasa nada, tía —aseguró el cabecilla.

La muchacha dejó de esforzarse, pero Yoni no le soltó la boca. Me apresuré a apostar, sin fe, que aquello era lo que menos importaba que fuera, ya que estábamos:

—Todo el dinero lo tengo en el coche, en la bolsa. Hay unas veinte mil y las tarjetas. Os doy la clave. Nueve cero noventa y nueve para todas.

—Muy bien, jefe, has estado listo ahí.

—Seguro que la clave es mala, Fredi —dedujo gratuita y erróneamente Yoni.

—Si queréis le aprieto para verlo —ofreció el cabeza rapada.

—Espera, Urko, deja que mire —ordenó Fredi.

Entró en el coche y sacó la bolsa. Encontró la cartera y contó el dinero y cogió las tarjetas.

—Hay diecinueve talegos, una visa oro y otras tres más raras. Eres legal, jefe, seguro que la clave es buena. ¿O no? Dale, Urko.

Urko me retorció de tal manera el brazo que creí que me lo partía.

—Te juro que es la clave —grité.

—Vale, Urko. Le creo. De todas formas nos lo llevamos luego y si es mentira le matamos a hostias. Así tampoco nos las anulas, ¿eh, jefe? Vamos a ver ahora la puti. ¿Me la das también, jefe?

—Déjala, joder, es una cría —supliqué.

—¿Cómo?

—Que la dejes. Tienes un huevo de pasta. Con cada tarjeta sacas cincuenta, y podéis comprar una tía de verdad para cada uno.

—No te oigo bien, jefe. ¿Has dicho algo?

Tragué saliva. Aquello estaba a punto de irse al carajo del todo y tenía que arriesgar, o sea, atraer sobre mí el problema:

—No os ha hecho nada, coño. Si la tocas eres una puta mierda.

—Anda la hostia. Agarra, Urko.

Fredi tomó carrerilla y, obviamente, me asestó una patada en el alma, o sea, entre los cojones. Haciendo memoria, creo que es la primera de su clase que recibía, y me dolió tanto que no dispongo de ninguna manera de describirlo. Me quedé colgando del antebrazo férreo de Urko, gimiendo y sintiendo cómo las lágrimas me caían a chorros.

Cuando pude abrir otra vez los ojos, vi a Rosana, aterrorizada e inmóvil. Ya ni siquiera parecía capaz de gritar.

—No sé qué hace un viejo como tú con una puti como ésta —caviló en voz alta Fredi, exagerando la gesticulación—. Tampoco sé cómo esta puti está tan buena. Lo que sé es que esta puti es gratis y que tu pasta nos la bebemos luego. Sujétala, Yoni.

Rosana intentó sacudirse, pero la tenían bien cogida. Fredi le levantó el vestido y le arrancó las bragas.

—Esto, de recuerdo —me dijo, guardándoselas.

El infierno, mi infierno, era que fuera Fredi el que me descubría, en aquel descampado sobre el que empezaba a anochecer, lo que había bajo el vestido de Rosana. En los momentos más viles había soñado hacerlo yo, despacio, con una dulzura que Fredi no necesitaba y que ahora me daba asco y lástima de mí mismo. Tampoco podía dejar de reconocer, en medio del horror, la tierna belleza que iba a ser arrasada. Descendiendo al último extremo de la depravación, tengo que confesar que procuraba no perderme detalle, porque lo mismo era la última desnudez femenina que reflejaban mis ojos. En una ráfaga de orgullo o de rabia traté de librarme de Urko. Duró poco mi rebelión. El gigante me oprimió el cuello hasta que empecé a asfixiarme y ya no pude seguir haciendo fuerza.

Fredi se inclinó ante Rosana para examinarla. Antes de nada volvió hacia mí la cara y rugió:

—Va por ti, jef…

Aprovechando la distracción del otro, la muchacha le pegó un rodillazo en pleno hocico. Fredi retrocedió y estuvo a punto de caerse. Cuando se rehízo, se llevó la mano a la nariz y la retiró empapada de sangre.

—Suéltala, Yoni, me cago en Dios.

Yoni obedeció. Rosana se vio libre y no entendió qué pasaba hasta que Fredi se arrancó contra ella.

—Si quieres que te haga daño, te lo hago, hijaputa.

Entonces ella me miró, buscó dónde apoyarse, no encontró nada y gritó, llorando:

—Jaime.

Fredi la embistió como un rinoceronte. Rosana salió despedida, tropezó y se fue al suelo, de espaldas. Yo me fijé en lo que hizo su cabeza: cuando Fredi la empujó se le vino hacia adelante, cuando perdió el equilibrio se le fue hacia atrás, antes de que la espalda diera en el suelo volvió a adelantarse y al final se le venció del todo y sonó como si alguien hubiera cascado una nuez y Rosana ya no se movió.

Fredi no se dio cuenta hasta después de sentarse a horcajadas sobre ella y pegarle cinco o seis puñetazos.

—Coño, te la has cargado —murmuró Urko detrás de mí.

—Ya nos has jodido —constató Yoni, medio histérico.

Fredi observaba incrédulo el cuerpo sobre el que estaba sentado.

—¿Y ahora qué? —le gritó Yoni.

Fredi seguía ensimismado. Urko aflojó su abrazo de hierro.

—De puta madre. Espera ahí hasta que vengan, gilipollas —sentenció Yoni, y salió corriendo.

Fredi le vio irse y luego volvió a contemplar el cadáver. Sin dejar de contemplarlo, le ordenó a Urko:

—Mata a ése. Como lo cuente, tenemos talego hasta que nos pudramos.

Urko me soltó.

—Estás loco, Fredi. Es tu marrón y yo no voy a comerme nada para ayudarte. Era una niña, me cago en la puta. El tío tenía razón. Podíamos haber ido a buscar tías de verdad.

—El marrón es de todos —dijo Fredi, levantándose—. Ya le pondremos las pilas a Yoni, vaya colega de mierda. Pero tú eres legal, Urko. No me vengas con ésas ahora. Agárralo.

El gigante se interpuso entre los dos.

—Yo me largo —anunció, con firmeza—. Y tú también. Si nos cuelgan lo de la tía es un accidente y la culpa la tienes tú. Si matamos al viejo es un asesinato, chaval. Entonces nos hundimos de fijo.

—Quita de en medio. Si no tienes huevos lo hago yo.

Urko no le dio tiempo a hablar más. Le metió un puñetazo en la boca del estómago y otro en la jeta, acabando de rompérsela. Pero lo sujetó y se cuidó de que no se hiciera daño al caer. A continuación se lo cargó al hombro. Antes de irse, me devolvió la cartera y me pidió:

—Toma. Si la madera me pringa, acuérdate de lo que he hecho por ti. Lo siento, jefe.

Urko echó a correr y yo me quedé aturdido, a unos pocos metros del cuerpo sin vida de Rosana. Tardé unos segundos en aproximarme. Me arrodillé junto a ella, le bajé el vestido hasta taparla y acaricié su suave cabellera rubia. Tenía los ojos cerrados. Algún imbécil opinaría que era mejor que hubiera muerto antes de que aquella chusma la deshonrara. Y a lo mejor yo era ese imbécil, pero habría dado lo que fuera porque ella levantara los párpados o por volver a oír su voz.

Una de las cosas que más veces me ha preguntado el comisario, porque al parecer es lo más débil de *mi cuento*, como él lo llama, es la razón por la que en vez de llamar a la policía me subí al coche y dejé allí a Rosana hasta que a la mañana siguiente la encontró un estudiante que hacía *jogging*. No se trata de algo que yo mismo alcance a comprender del todo. Por una parte no es extraño que un hombre que se lleva por ahí a una niña de quince años y tiene la desgracia de que se la maten no acierte a poner el asunto en manos de la policía. Pero lo que me trastornó por encima de todo fue aquella última palabra que salió de la boca de Rosana, mi nombre falso sollozado como una plegaria que no podía remediar nada de lo que se cernía sobre ella. Yo había sacado a Rosana de su mundo sin peligro, me la había apropiado y ella había pagado con su vida por complacerme. Aunque luego no haya sido capaz de obrar en consecuencia, creo que huí precisamente para que me acusaran, porque me consideraba o me considero culpable, tanto o más que el canalla que la desnucó. Desde aquella noche, Rosana acude a todas mis pesadillas y solloza mi nombre falso hasta que me despierto temblando y con el corazón saliéndoseme por la boca.

Un día me condenarán, supongo, y es posible que cuando me resigne a merecerlo encuentre la paz. Vendrá de noche, cuando todavía espere la pesadilla que ganaron mis faltas, y de pronto será la Rosana alegre y misteriosa del principio, que me apartará el flequillo de la frente mientras las pupilas se le dilatan e inundan su mirada azul. Sonreirá y dirá mi nombre, el verdadero, el que le oculté siempre, y así, al fin, el sucio bolchevique sabrá que la Gran Duquesa niña le ha perdonado.

Poco después de abandonar el descampado me encontré en la carretera de La Coruña. Con el atontamiento que llevaba encima, había tomado dirección La Coruña y no Madrid. Me acordé de que había recuperado mi dinero y mis tarjetas y no di media vuelta.

Conduje toda la noche. Paré a repostar en mitad de la meseta, no podría decir dónde. Fui de un tirón hasta La Coruña, y como al llegar allí todavía era de madrugada tomé el camino de Finisterre. El alba me cogió ya sobre los acantilados, apoyado en el coche, esperando a merced de la brisa.

Siempre que he viajado en coche me ha producido placer, cuando ya había recorrido el trecho suficiente para sentirme lejos de casa, bajarme de él y mirar el campo, el mar o lo que fuera apoyado en la máquina. Hay un algo reconfortante en la soledad que se percibe; la propia y la del vehículo sometido a tu voluntad, que no tiene más remedio que ir y llevarte a donde lo dirijas, aunque aceleres sólo por acelerar, sin rumbo.

Aquella mañana, ante el fin de la tierra sobre la

que había rodado toda la noche, la soledad era tan inmensa y la desorientación tan absoluta que me olvidé del tiempo. Estuve allí durante horas, y antes de irme me sucedió algo que no puedo dejar de apuntar. De repente, los ojos se me empañaron de lágrimas y tuve un estremecimiento. Entonces supe, como tal vez hacía diez años que no lo sabía, que estaba vivo, y en medio de la catástrofe di gracias por estar vivo y no como Rosana, tumbada en mitad del descampado. Nadie iba a ponerse de mi parte, ya imaginaba que yo mismo me atormentaría, y al percatarme de lo que pasaba por mi cabeza me consideré tan hijo de perra como me considerará cualquiera que ahora lo esté leyendo. Así y todo, di gracias, y acepté estar en deuda con Rosana por mi ventaja y su infortunio.

En adelante, y a partir de aquella mañana, tenía la misión de traer algo de ella a todas las mañanas que ya no podría ver. Por eso, y aunque mi abogada dice que no beneficia mi presunción de inocencia, recorté todas las fotografías de Rosana que publicaron los periódicos, y he hecho una especie de altarcito ante el que medito diez minutos todas las mañanas mientras escucho el primer movimiento de *Der Tod und das Mädchen*. Cuando el cuarteto de cuerda sube a lo más alto de esa divina melodía que el mundo debe a Franz Schubert, yo recuerdo cómo se reía ella, cómo caminaba y también, por qué no, lo gloriosamente bien que le quedaba aquel biquini rosa.

Tardaron cerca de dos semanas en presentarse en mi apartamento a detenerme. La investigación no fue larga, sino ordenada. Las llamadas obscenas o simplemente extrañas recibidas en el domicilio de los López-Díaz fueron en seguida relacionadas con el triste final de Rosana, a todas luces obra de un maníaco. Especialmente ilustrativa le resultó a la policía mi estúpida conversación con la madre de Rosana la víspera del suceso. La presencia de la muchacha en la piscina con un hombre de unos treinta años, la misma tarde del crimen, fue también establecida con prontitud. Apenas un par de días después se pudo averiguar, gracias a Izaskun y las otras, que un individuo de unos treinta años y descripción coincidente había estado merodeando por el colegio. Con un poco más de esfuerzo, aparecieron varios testigos de nuestros encuentros en el Retiro. Prescindo, naturalmente, de todas las pistas falsas, desde los que habían visto a Rosana bailando con un legionario la noche anterior en una discoteca de Torremolinos hasta quien aseguró haberla encontrado mientras la obligaban a prostituirse en un garito de carretera cerca de Cuenca. Lo curioso de esta pista falsa, y la razón por la que la recuerdo, es que la niña que había causado el equívoco fue liberada después por la policía y resultó ser una rusa llamada Olga Nikoláievna, traída ilegalmente de su país.

Careciendo yo de antecedentes policiales, la investigación topó con el escollo de que ninguno de los testigos me reconocía entre los maníacos fichados. Pero una hábil inspectora se trabajó a fondo a la familia hasta que Sonsoles recordó que había tenido un accidente de tráfico el día en que empezaron las llamadas inexplicables. A través de la compañía de seguros sacaron mi nombre y a partir de ahí las fotos y todos los testigos empezaron a señalar con el dedo con convicción y desde ese momento ya me pude dar definitivamente por fregado.

El día que me echaron el guante, mientras me ponían las esposas y me leían mis derechos, la inspectora responsable de mi detención me observó con un odio y una satisfacción que me hicieron recapacitar sobre el extraño hecho de que el Mal también anide en el generoso pecho de los buenos. Ya en el coche, la inspectora tradujo sus sentimientos a palabras:

—Mira que ese asiento tiene historia, pero dudo que haya tenido nunca encima una mierda como tú.

En cierto modo estaba de acuerdo con ella. Sin embargo, le afeé su saña:

—*Como juzguéis a otros, así seréis juzgados, y la*

misma medida que apliquéis a otros, a vosotros se os aplicará. Mateo, capítulo 7, versículo 2.

—A mí eso me la suda. Soy atea.

—Una opción religiosa poco precavida, pero la respeto. ¿Y qué es lo que le suda, si no es indiscreción?

Según mi abogada, que da la impresión de ser una chica bastante meticulosa, aquélla fue una pregunta que muy bien podía haberme ahorrado.

Cuando iba por la mitad del cuaderno me dio una tarde por pensar cómo terminaría. Algunos finales posibles: enunciar alguna moraleja aleccionadora para la juventud no descarriada; implorar clemencia; describir a Fredi y a Urko minuciosamente, por si algún día los cazaban haciendo alguna otra judiada juntos; mandarlo todo al diablo y narrar con toda crudeza la más pornográfica de mis fantasías con Rosana. Después de sopesar con detenimiento todas las alternativas, decidí que escribiría algo que fuera contrario a mis convicciones.

Las convicciones son hoy día muy valoradas, me huelo que por la mala conciencia general de que haya tan pocas y sean tan elementales. Sin embargo, nunca se puede estar seguro del fin al que sirve una convicción ni del lugar de donde vino. Es hora de proclamar que las convicciones suelen tener orígenes dudosos y propósitos absurdos, y que por ellas se malgastan muchos esfuerzos y se infligen crueles sufrimientos a personas inocentes. Por eso es bueno, periódicamente, probar a sostener lo contrario de lo que uno cree y comprobar que también puede persuadir, incluso más que la propia creencia. Luego puede volverse al punto de partida, porque lo importante no es estar en lo cierto, sino estar a gusto. Del mismo modo, si la convicción opuesta a la convicción propia, aunque no resulte más persuasiva, se demuestra más confortable, no hay otra solución sensata que cambiar. Amargarse por lealtad a una casualidad es un signo de inmadurez.

Mi naturaleza no es propicia a la convicción. Casi todo lo que he visto me ha enseñado a ser bastante escéptico. No obstante, es innegable que incluso un descreído encuentra, en el mismo descreimiento, algunas formas bastardas de convicción. A lo largo de estas páginas he ido revelando unas pocas, pero es una en concreto la que ahora, como despedida, me gustaría refutar: que deba hacerse caso omiso de los semejantes y que la entrega a otro (u otra) lleve a la autodestrucción de quien la practica.

Los hechos son que al poco de descubrirla, mientras hurgaba gratuitamente en la vida de su hermana, yo consentí en acercarme a una hermosa muchacha a la que no conocía, y que lo hice en un estado de cierto arrebato. Los hechos son también que como consecuencia directa de aquella acción, más alguna desgracia no previsible, mi vida ha quedado arruinada, probablemente para siempre. He perdido mi empleo, mi buen nombre, mi libertad y todas mis tarjetas de crédito. También me han embargado el coche y he probado varias especies nuevas y extremadas de dolor. Los hechos, en suma, parecen respaldar mi convicción primitiva. ¿Qué puede oponerse?

Esta noche vengo aquí a despedirme y a sostener que un hombre no es más que los pedazos de sí que ha entregado en su sacrificio por otros. Todo lo que uno padece por sí mismo es mierda que cae en la arena donde nada nace. Lo que uno padece por otro, en cambio, es la semilla de la que brota el árbol de la memoria. Y ese árbol sostiene al hombre ante la amenaza de la arena y la mierda, el olvido y la muerte.

Antes de que mi fracaso encontrara la forma exacta de Rosana, yo no era nada y tampoco era nadie. Los días me pasaban por encima como las olas sobre una playa desierta. Acorralado entre mis sarcasmos y las fluctuaciones de mi ánimo, iba rindiendo la vida sin provecho ni asombro. Y es que uno, casi por definición, no puede hacer nada decisivo por uno mismo (intercalo *decisivo* para excluir el autoservicio nimio que no tiene que ver con todo esto: lavarse los dientes, cortarse las uñas, alimentarse, apagar a tiempo la televisión). También es verdad que uno no puede hacer nada decisivo por los demás y que los demás no pueden hacer nada decisivo por uno. Lo que aprendí gracias a Rosana fue que pensando en otro, y sólo así, se puede hacer decisivamente por uno mismo.

Una tarde de verano abandoné todas mis cosas para cifrar en Rosana el objetivo principal de mi existencia. Vale que a menudo mis intenciones fueron frívolas: eso merecerá el reproche que merezca, pero no quita para que aquella muchacha fuera el eje a cuyo alrededor se puso a girar todo. Luego, es decir al instante, ella desapareció y no me quedó más que su recuerdo y la añoranza, y la añoranza y su recuerdo se convirtieron, prácticamente, en cuanto desde entonces me ha ocupado. He dejado de preocuparme de lo que de mí pueda ser, es, fue o pudo haber sido. Ya no siento tristeza por mí, porque ninguna me queda después de gastarla por su ausencia. Desde que la conocí, y sobre todo desde que se fue, no hubo espacio para más en mi alma ni en mi cerebro.

Ahora el populacho me insulta, las madres amenazan con mi nombre a las niñas que no comen, y si estuviera en Arkansas mi abogada andaría apelando sin ninguna fe en salvarme de la silla. Y es ahora, justo ahora, cuando tengo por primera vez en mi vida la impresión de haber sido algo. Antes, si Dios me hubiera preguntado qué había hecho con el tiempo que me había concedido, sólo habría podido enseñarle algunos miserables estadillos en los que se resumía toda mi historia. Hoy sería distinto. Si viniera hoy a pedirme cuentas, confesaría primero que he pecado, mucho y muy gravemente. Después, extendería el pliego de mi memoria y tranquilamente, diría:

—No he sido impío. He deseado la luz de tus ángeles, la rocé y al final la malogré. Fue culpablemente, aunque sin propósito. El resto de mi tiempo lo empeñé así: antes, en esperarla; después, en pagarlo.

Salvo Tomás de Aquino, que se permitió la chulería de demostrarle repetidas veces y por caminos diferentes, nadie tiene una idea sólida de quién o cómo es Dios. Particularmente, y es una apuesta como cualquier otra, yo siempre he sospechado que es partidario de la simetría y enemigo de lo incompleto. Por eso confío, con prudencia, en que cuando le muestre mi mercancía condescenderá a pagar por ella una recompensa razonable.

A quien esté en situación de ejercer alguna influencia, ruego que interceda en favor de esta humilde gratificación: que la próxima vez que yo conozca a Rosana tengamos los dos quince años, yo no sea un bolchevique (si ella es Gran Duquesa no importa mucho) y alguien mantenga al cabrón de Fredi y el resto de la basura fuera del cuento.

Madrid-Getafe-Dublín,
27 de marzo-11 de julio de 1995